巴黎的忧郁
Le Spleen de Paris

Charles Baudelaire

[法] **夏尔·波德莱尔** 著

周俊平 译

江苏凤凰文艺出版社
JIANGSU PHOENIX LITERATURE AND
ART PUBLISHING

目录

致阿尔塞纳·胡塞[1]

亲爱的朋友，我给您寄上一本小作。有失公允者，或言其无首无尾。实则相反，所有篇章互相交错，莫不为首，莫不为尾。如此排布，于您、于我、于读者皆有便利，还望细察。我之遐思、您之阅稿、读者之阅读，皆可随意中断；读者自有心性定力，我不愿用肤浅的错综情节捻出没完没了的花线，将之悬系其上。此作虽为委蛇徘徊之游思妄想，但若抽其脊骨，使之离散为二，即可见二者复又粘连合一；倘

---

1 阿尔塞纳·胡塞（Arsène Houssaye，1815—1896），法国作家，《新闻报》（*La Presse*）及杂志《艺术家》（*L'Artiste*）主编。

若斫之碎之，即成断章，但皆可独自立足。我斗胆将此长蛇完整奉上，愿它尚有可截可取之处，足够鲜活生动，足以博您欢娱。

我有一事坦承。阿洛伊修斯·贝特朗[1]名作《夜晚的加斯帕尔》（此书您、我、您的数位友人皆熟知，尚不配名作之称？），读过二十余次，我遂生此念：此书所绘之古代生活画卷逼真异常，我何不鉴其笔法，尝试类似之作，描绘现代生活，更准确地说，某种现代的、更抽象的生活。

胸怀猛志时，你我同人有谁不曾梦想诗性散文之奇迹？无节奏、无押韵，却自有乐音；其灵活、其硬朗，足以尽显性情之摇荡、梦幻之涟漪、意

1　阿洛伊修斯·贝特朗（Aloysius Bertrand，1807—1841），法国诗人。其散文诗集《夜晚的加斯帕尔》（ *Gaspard de la Nuit* ）于 1842 年出版，被誉为法国散文诗的开创之作。

识之悸动。

我频繁出没行走于大城市，与其中无数错综复杂的关系贴身接触，多半缘于此，这一理想才得以萌生，挥之不去。亲爱的朋友，您不也曾试图把玻璃匠尖利的叫卖声转录成歌，把那叫声穿透街巷重雾传到阁楼上的万般哀伤暗示写进抒情散文吗？

但是，坦言相告，嫉妒恐怕并未使我快乐。一动笔我便发觉，那神秘又光辉闪耀的榜样，我难以望其项背，不仅如此，我写出的那东西（如果可以称之为东西）甚是异样。这意外可能会让他人引以为傲，但对视精准落实设想为至上殊荣的心灵来说，却是莫大的耻辱。

您亲爱的夏·波

异乡人

——谜一样的人，说说吧，你最爱谁？你的父亲、你的母亲、你的兄弟，还是你的姐妹？

——我没有父亲，没有母亲，没有兄弟，也没有姐妹。

——朋友呢？

——您用的这词，我迄今不明其意。

——那你的祖国呢？

——我不知道它坐落何处。

——那么美呢？

——哦，我多愿欢心爱她，这不朽的女神。

——那么黄金呢？

——我厌恶黄金，一如您厌恶上帝。

——啊！不同寻常的异乡人哟，你究竟爱什么？

——我爱云……来来去去的云……那边……那边……那奇妙的云!

归乡

The Homecoming

[法] 古斯塔夫 · 库尔贝

二

老妇人的绝望

见到这人人笑脸迎、人人讨欢心的漂亮婴孩，干瘪皱缩的小老太婆喜不自胜。这俊俏的小人儿真是脆弱，就跟小老太婆自己一样，而且，跟她一样，也没牙齿，也没头发。

于是她走上前，想为婴孩露出喜人的气色，做出盈盈的笑脸。

但受到惊吓的婴孩在风中残烛的抚摸下拼死挣扎，尖利的哭叫声响彻堂前屋后。

老妇人只得退回她那永久的孤寂，蜷进一角暗自低泣，自说自话：

"唉！我们这些悲苦的老女人啊，讨人欢心的年月已经过了，哪怕是讨纯真的孩子的欢心。我们本想疼爱孩子，谁想却让他们心生恐惧！"

疯女人，或嫉妒的痴迷者

The Madwoman or the Obsession of Envy

［法］泰奥多尔·热里科

艺术家的忏悔经

秋日之垂暮，是何等的透人心肺！透人心肺啊，直让人心生痛苦！只因某些甜美的感觉，恍惚却不失浓烈；而那无限的顶尖处，则锋锐无比。

让目光在海天之辽阔中浮沉，是何等的乐趣！寂寥、寂静，这无与伦比的碧蓝之圣洁！天际处震颤的小帆哟，它的微小如尘、它的与世隔绝，是对我这药石无灵的人生之摹写；涌浪这单调的旋律。这一切都正在通过我思量，或者说我正在通过它们思量（因为在宏大的梦幻里，"我"会迅速消失！）；我是想说，它们在思量，却灵籁清吹、光景成画，没有辞藻术，没有三段论，也没有推导演绎。

虽如此，这些思想，不论源我而出，还是自物而发，都会在顷刻间变得浓密而激烈。快感中的能量生出某种不适和某种实实在在的痛。我的神经绷得太紧，它的震颤只能赐我聒噪和痛苦。

而现在，天空的深邃让我沮丧，它的明澈让我恼怒。大海的无知无觉、景观的一成不变让我心生愤怒……啊！难道只能永久地受苦难，或是永久地逃避美？啊，自然！你这无情的迷人心窍者，你这无往不胜的敌手，放过我吧！不要再诱惑我的欲望！不要再诱惑我的傲慢！对美的钻研是场决斗，艺术家溃败之前，发出惊恐的喊叫。

海浪

The Wave

[法]古斯塔夫·库尔贝

四

一个逗乐者

正是新年恣意狂欢的时刻：这是污泥与雪水中的混乱，成百上千的华贵马车狂奔而过，玩具和糖果五光十色，贪欲和绝望蚁集蠢动，大都市的这法定谵语只为让最孤独的人头昏脑涨。

就在这混杂与嘈嚷之中，一头毛驴急速向前，野夫手中的皮鞭让它片刻不得安宁。

正当毛驴在跑道上要拐弯时，迎面走来一位美男子：戴着手套，皮鞋锃亮，领带紧得要命，新衣裹得他伸不开手脚。他在卑贱的畜生前一板一眼地脱帽躬身："恭祝您新年快乐！祝您幸福！"接着他沾沾自喜地转向同伴（我也不知道是哪几位），似乎要为自己的自得向他们求来赞许。

毛驴并未留意到这位帅气的逗乐者，它继续奋力向前，奔向职责的召唤。

而我，我骤然间怒不可遏，在我看来，这绝世蠢货身上集中了所有的法兰西精神。

水手之歌，在勒阿弗尔的"明星咖啡馆"

The Sailor's Sopng, at the 'Star', Le Havre

[法] 图卢兹-劳特累克

五

双重房屋

一间与梦幻相像的房屋，一间真正有灵性的房屋，那里的空气停息，轻染上粉和蓝。

灵魂浸浴慵懒，因惋惜和欲念而生香——那是一种薄暮之物，微微的蓝、浅浅的粉，隐没时分一次欢娱的梦。

家具伸长，虚弱而倦怠。家具像是在做梦，它们似乎有了梦游者的生命，就像植物和矿物。布匹说着无声的语言，像花，像天，像余晖。

墙上没有任何让人生厌的艺术品。较之纯粹的梦和未经剖析的印象，

特定的、具体的艺术是一种亵渎。在此，一切都
有着和谐所需的充足的明、甜美的暗。

精挑细选的幽香混着异常轻薄的潮气，在空气中
飘飘浮浮；心智则在置身暖房才会有的感觉里轻
轻摇荡，睡意酽酽。

窗前和床边，薄纱滂沱泻落，有如雪色瀑布，飞
流直下。床上有偶像躺卧——那是梦幻女王。可
她如何在此？是谁引领了她？是哪般神力将她安
置在这梦幻与靡情的宝座？又何必多问？她就在
此！我认出了她。

那双眼中的烈焰正在薄暮里穿行；那不可捉摸、
让人胆慑的眸子，我从那骇人的狡黠中认出了它
们。它们吸引、它们征服、它们吞食凝视者那冒

失的眼神。我时常探究它们——这让人好奇、让人赞叹的黑色明星。

四周都是神秘、宁静、安详与馨香，我该拜谢哪位仁慈的神灵？哦，至福！我们通常所谓的人生，即使在它最美满的顶点，也与我现在体味的人生不可比拟，我正在细品其味，一分分，一秒秒！

不！不再有时刻，不再有分秒！时间消失了；主宰一切的是永恒，是无上极乐中的永恒！

但一阵可怖的重击雷响门上，我似乎吃了一记闷棍，堕入硝火般的梦魇。

接着幽灵破门而入。是一个法院执达员，来借法律之名折磨我；是一个下贱的姘头，来向我叫苦，来把她生活的鸡毛蒜皮倒进我的痛；或是一个报社主编的跑腿，来跟我催续稿。

那圣境般的房屋、那偶像、那梦幻女王，还有伟大的勒内说的那女气精[1]，所有的魔力，都在那幽灵粗暴的敲门声中不见了踪影。

恐怖啊！我记得！我还记得！是的！这又脏又乱的斗室，这住着没完没了的无聊的居所啊，它正是我的。家具灰尘厚积，面残角缺，一副蠢相；壁炉没柴没火，痰迹斑斑；窗子阴暗凄惨，雨水冲出的泥痕如罟如罝；手稿残缺不全，杠线交错；日历上，则满是铅笔标记的祸难之日！

1　法国早期浪漫主义作家弗朗索瓦-勒内·夏多布里昂（François-René de Chateaubriand，1768—1848）的《墓畔回忆录》（*Mémoires d'Outre-Tombe*）中的人物。

那另一世界的芬芳哟，我几近完美的感官刚才还沉醉其中，唉！现在已被恶臭的烟草味替代，当中还混杂着某种令人作呕的霉味。此时入人肺腑的，是愁苦散发出的馊臭。

在这逼仄、令人作呕的世界里，唯有一样熟识的东西在朝我微笑：鸦片酊的瓶子——一个老相识、一个可怕的女友。与所有女友一样，唉！它满是温情，满是背叛。

啊！是的！时间再次显了身。现在是时间主宰着一切，这丑陋可憎的小老头带着他的魔鬼跟班又回来了：回忆、悔恨、痉挛、恐惧、焦虑、噩梦、愤怒、神经官能症。

我向您保证，此时此刻，时间在庄严而有力地敲响着它的每一秒钟，每一秒钟都从钟摆里迸射而出，都在说："我就是生命，不可承受、残酷无情的生命！"

人生中唯有一秒负有宣告喜信的使命，让每一个人都心生无以名状的恐惧的喜信。

是的！时间主宰一切，它又恢复了它野蛮的独裁。它用双面刺棒逼迫着我，就好像我是头老牛一样："走啊！畜生！快干活，奴才！活着吧，你这遭雷劈的！"

山间小屋

The Mountain Hut

[法]古斯塔夫·库尔贝

六

人人都有自己的幻想怪兽

在灰暗苍茫的天空下，在无边无际、尘土弥漫、没有路、没有草丛、不见一棵蓟草、不见一棵荨麻的荒原上，我遇见几个弓背前行的人。

人人背负一个巨型怪物，重得像一袋面粉或一袋煤炭，或是罗马步兵的全副武装。

可这骇人的怪物并非没有活动力的重负。相反，它柔韧而有力的肌肉包裹着人、压迫着人。它两只宽大的利爪扣进坐骑的胸膛；它奇形怪状的头颅则踞其额头之上，就像古时的战士为震慑敌人而戴起的可怖头盔。

我询问他们其中一人，我问他，他们如此这般是为去向何方。他回答说，无论是他，还是其他人，都对此一无所知，但显然他们要去往某处，因为他们被一种不可抗拒的行走欲望驱策着。

有件怪事值得留意：在这些行者当中，没一个人对这吊在他们脖颈、贴在他们后背的凶残怪兽面露愠色；他们似乎将它视为自己的一部分。所有这些疲惫而严肃的面孔上不见半点绝望；在苍天忧郁的穹盖下，这大地同天空一样荒凉，他们把双脚埋进尘土，行走——满脸顺从，就像那些被判定要永远怀抱希望的人。

队伍从我身边走过，没入天际的流风；那里，圆滑的地表回避着人类好奇的目光。

好一会儿工夫，我心生执念，要把这其中的奥秘想个明白；但很快，不可抗拒的漠然向我袭来，让我重负难堪，这重负哦，更甚于他们背上那重可摧山裂石的怪物。

神秘之颅

Mysterious Head

[法]奥迪隆·雷东

七

痴人与维纳斯

多奇妙的日子！宽阔的公园在太阳灼热的目光里神魂颠倒，有如爱神掌控下的芳龄妙人。

万物同欢，出神入迷，却毫无声响；就连水流也似乎进入了梦乡。与人的节庆很是不同，此处是无声的醉狂。

似乎有某种光在不断增强，使万物光华熠熠；似乎群花兴奋不已，只求以其色彩之力与碧蓝的天空匹敌；炎热似乎使芬芳生烟，袅袅升起，触目可见。

然而，就在这万物欢娱之时，我却

见到一个悲痛难耐的人。

一座巨大的维纳斯雕像脚下，有那些伪装痴人的一员，那些在国王被悔恨和无聊困扰之时专事逗他一乐的弄臣中的一员，身着亮光闪闪、滑稽可笑的奇装异服，头戴尖角和铃铛，蜷缩在雕像台座下，满含泪水，仰望着不朽的女神。

——他的双眼似乎在说："没了爱情，没了友情，我是天下最下等、最孤独的人，就此而言，我比最不堪的飞禽走兽还低下。然而我也是为领会、为感受这不朽的美神而生啊！啊！女神！求您可怜可怜我的忧愁，可怜可怜我的疯言疯语！"

可漠然无情的维纳斯张着她那大理石眼睛，朝向远方，也不知是在看着何物。

维纳斯的诞生

The Birth of Venus

［法］古斯塔夫·莫罗

八

狗和香水瓶

"——美狗狗，乖狗狗，我亲爱的小狗狗啊，快过来，走近点，快来闻闻这极品香水，这可是从城里最好的香料铺买来的。"

狗尾巴摇摇颤颤，我想，这可怜的东西如此示意，就表示它在笑，或在微笑。它走过来，把湿答答的鼻子好奇地凑向打开的香水瓶。突然，它惊恐地向后退去，朝我一阵狂吠，一副叱责我的样子。

"——啊！可悲的狗，我给你的如果是一包粪便，你会满心狂喜地闻它，甚至会一口吞了它。如此，你啊，我悲苦浮生的可鄙伴侣，你和那些公众多么相像，永远不该给他们奉上精美的香料啊，那样只会惹恼他们，就该给他们送上精心挑选的垃圾。"

狗（草绘托克）

The Dog（Sketch of Touc）

[法]图卢兹-劳特累克

九

恶劣的玻璃匠

有人性喜静观而无力行动，然而，受某种神秘又不为人知的冲动驱使，他们却偶尔大有作为，其迅猛就连他们自己也无法相信。

有人怯于从门房得知什么伤心事，在家门前晃荡多时不敢进；有人会把信件放上数十天不敢拆；有人只能在半年过后才勉强迈出一年前就该迈出的一步。但就是这些人，他们有时会受某种不可违抗之力的推动，猝然而起，急遽如飞箭离弦。这些心灵懒散成性，耽于享乐，如此骤然而降的疯狂力量，它到底从何而来？这些人无力完成最简单、最要紧的事，又如何会瞬间获得这无价的勇气，去做那最荒唐、甚至是最危险的事？人性学家和医生自称无所不知，却也无力对此做出解答。

我有一个朋友，可以说是人类史上最无害的梦幻者。他有次却纵火森林，据他自己说，他就只是想看看火是不是真像大家说的那样容易燃起。连续十次，试验失败；但第十一次，成功得过了头。

另一个朋友在一桶炸药旁点燃雪茄，就只是为看看、为了解了解、为逗弄逗弄命运，为迫使自己表现出勇气，为赌一把，为体验惶恐的乐趣，甚至什么也不为，只是因为任性，因为无事可干。

这是从无聊和梦幻中喷涌出的能量；正如我适才所言，毫无征兆地突然表现出这种能量的人，通常都是那些最古怪、最会耽于做梦的人。

另一个朋友，那么羞怯，都不敢在人前抬头，需要用尽他所有的可怜勇气才敢走进一家咖啡馆或跑向一家剧院——那里的检票员对他来说具有冥府判官米诺斯（Minos）、埃阿克（Eaque）、拉大芒特（Rhadamante）[1]的神威，他却会突然跳起来搂住身边走过的一个老头儿的脖子，当着目瞪口呆的众人，一阵热烈地狂吻。

——为何？因为……因为这张脸让他感受到不可抗拒的好感？或许吧，但更有理由设想就连他自己也不知为何。

1　米诺斯、埃阿克、拉大芒特，古希腊决定鬼魂未来命运的三位冥府判官。

如此的冲动在我身上不止一次地发作，让我成为它的牺牲品。它让我们坚信，恶作剧的魔鬼钻进了我们的身体，迫使我们在不知不觉中实现他们最荒唐的意愿。

一天早晨起床后，我脸色阴沉，心下凄然，因空闲无事而身心乏力；而且，似乎有什么驱使着我去做一件大事、一件惊人之举；于是我推开窗子，唉！

（请注意：在某些人那里，迷人耳目的灵思与谋略无关，也与苦功无关，那是不可预测的灵感之果。即使确实源于强烈的欲望，它在很大程度上也只是一种情绪，医生称之为歇斯底里的情绪，比医生更有才智者称之为撒旦式的情绪。它驱使我们涉春冰、蹈虎尾、坏礼乐、悖伦常，不容抗拒。）

我在大街上看到的第一个人是个玻璃匠，他的叫喊声尖利刺耳，穿透巴黎混浊而沉重的空气直冲我来。也不知道为什么，对这个可怜的老好人，我会心生如此突然、如此蛮横的恨意。

"喂！喂！"于是我喊他上楼。可是我却不无快感地想，房间在七楼，楼道又窄，这人得费不少劲才能爬上来，他那货物又一碰就碎，会在很多地方碰掉棱角。

他终于出现在我眼前了，我好奇地细细看遍他所有的玻璃，然后跟他说："——怎么？你没有彩色玻璃？玫瑰色的、红色的、蓝色的，神奇的玻璃、天堂的玻璃，你没有？你可真够无耻的！就连可以让人看出美好生活的玻璃都没有，还敢在这穷人区里晃来晃去！"说着我就一把狠劲将他推到了楼道，他一阵踉跄，嘟嘟囔囔。

我走到阳台，拿起花盆，瞅准他在大门口出现的时机，将我的战争利器直端端地砸在他货物挂钩的下沿。他应声倒地，他那可怜的流动资产在他身下完美粉碎，发出雷霆击碎水晶宫的巨响，清脆而明亮。

而我，我陶醉在我的疯狂中，冲着他怒不可遏地大叫："生活美好！生活美好了啊！"

这种神经质的玩笑并非没有危险，我们往往会为之付出惨重代价。可是对那些在一瞬间寻得了享乐之无限的人来说，永劫的天谴又算得了什么？

神秘之杯

The Cup of Mystery

［法］奥迪隆·雷东

凌晨一点钟

终于！独自一人了！晚归的马车辘辘而过，精疲力尽；除此之外，再无半点声响。即便不能休憩，我们至少会有片刻的安宁。终于！世人的蛮横相消失了，我也只会因我自己而受苦了。

终于！我可以沐浴暗夜，放松身心了！首先，转动门锁两圈。钥匙的这一转动似乎会增强我的孤独，会加固目前将我与世界分离的堡垒。

可憎的生活！可憎的城市！我们回顾一下白昼：见过几个笔杆子，其中一个问我能否乘火车去俄罗斯（他可能以为俄罗斯是个岛国）；

和一家杂志社的主编大吵一架，他对任何异议的回答都是"本社坚守君子立场"，言外之意，其他报刊都是下三烂；跟二十多个人打过招呼，其中十五个我压根儿就不认识；与同样多认识的和不认识的握手，事先却没有买好手套准备着；暴雨期间去一个街头女戏子家消磨时间，她要我给她画演维纳斯特 [1] 所需的戏装图；讨好一个剧场经理，他却打发我说："你或许可以去跟 Z 谈谈，在我所有的作家当中，他最蠢、最呆、最有名，在他那儿你或许会有所获。你先去看看吧，我们改日再说。"拿几件从未干过的下作事吹牛（为什么呢？），却没种承认几件为图乐子而干出的坏事，这是自吹自擂的过错，是尊随人性的罪行；回绝

1　女戏子将维纳斯（Vénus）说成了维纳斯特（Vénustre）；另外，维纳斯在西方的形象始终是裸体。如此，诗人暗示出女戏子的浅薄无知。

了一个朋友的小请求，却替一个十足的小丑写了推荐信；嘘唏！完了吗？

对所有人不满，对自己不满，在深夜的宁静和孤独中我多想赎过，多想拿出些许的傲气。我爱过的灵魂啊，我唱过的灵魂，赐我力量啊，施我援手，让我远离这尘世的乌烟瘴气和它的讹言谎语，上帝啊，我的主，请赐我写出几句美诗的恩典！让我知道我并非末人，我并不低于那些我所鄙夷的人！

波德莱尔肖像

Portrait of Charles Baudelaire

［法］古斯塔夫·库尔贝

野女人与小娇女

"真的，亲爱的，您冷酷无情、毫无节制得让我心力交瘁；听您哀叹，让人以为您真是苦，比田地里那拾穗的花甲老人、酒馆前那捡面包渣的拾荒老妪还苦。

"您的哀叹里哪怕有些微的悔恨，您多少也会有些光彩；可它流露出的却只有美食甘寝的餍足和无所事事的负累。而且，您总是废话满嘴：'用心爱我啊！我多需要爱哟！这样安慰我呀，那样爱抚我哦！'得，我会设法治愈您，不花几个钱，不跑几步路，就在这攘攘闹市，我们便能寻得良药。

"我们来细细端详这牢不可破的大铁笼，那毛发丛生的怪兽在里面躁动不安，像堕入无间地狱者那样仰天号叫，像为流落他乡而恼怒的人猿一样摇撼铁栏，一会儿如猛虎左腾右跳，一会儿如笨熊前摇后晃，看哪，你俩的形体大致相仿。

"这怪兽便是平时被众人称为'天使！'的诸种动物之一，也就是妻子。另一个手持棍棒、声嘶力竭的怪兽，是个丈夫。每到逢集，他就像套牲口一样给他的合法妻子戴上锁链，拉到郊镇示众展览。当然，他得到了法官的许可。

"看仔细！主人扔给她的那些蹦来跳去的活兔和吱吱齐叫的生禽，她撕咬得多贪婪（或许那并不是装出来的！）。'呵！可不能卯粮寅吃！'这句箴言说完，他就残忍地夺下了她口中的猎物，那肠肚还散麻般地挂在猛兽——我要说的是那女人——的利齿上。

"对！就结结实实抽一棍让她安静下来！因为她仍旧垂涎不止，她可怕的双眼仍旧直勾勾地盯着被夺走的食物。我的老天！这一棍可不是闹着玩的，就算隔着假毛，您没听见皮开肉绽的闷响?！她于是圆瞪双眼，号叫得更自然了。盛怒之下她周身冒火，如同大锤下的热铁。

"上帝！您亲手造出了夏娃和亚当，他们后代的夫妻之礼便是如此！这女人可能也曾脸上有光，并因之飘飘欲仙，但她无疑是不幸的。人世还有比这更大的不幸，更无药可救，无以弥补。她被抛到人世，却从来没能想过，女人该有另样的人生。

"现在，亲爱的女才子，看看我们俩吧！目睹人世的种种地狱，您想让我对您的漂亮地狱做何感想？您哪，只愿栖身在柔软如您肌肤的丝绢，只愿慢嚼手艺精湛的仆人为您切碎的熟肉。

"这鼓胀着您健美的香胸的长吁短叹、这书中学来的扭捏作态，还有这逗出观者种种情绪却唯少怜悯的愁绪，对我到底有何意义？真的，我心中时时生出教你明白何为真正不幸的欲望。

"我的小娇娥哟，您双脚踩着烂泥，双眼在天上飘飘忽忽，像是在祈请国王降世。看您这般姿态，让人不禁想起祈求理想的小青蛙。如果您鄙视庸碌无能之辈（您也知道，我如今就是这般），当心那鹤，它会嚼碎您、吞食您、任意宰杀您！[1]

"尽管我是诗人，我也不像您想的那样容易受骗，如果您那女才子的哭哭啼啼让我过于精疲力竭，我会把您当作野女人对待；或许我还要把您扔出窗外，就像扔一只空酒瓶。"

1　这是对拉封丹（Jean de La Fontaine，1621—1695）的寓言诗《青蛙请立国王》（*Les Grenouilles qui demandent un roi*）的引用。青蛙厌倦民主制，请众神之王朱庇特给它们派一位新国王。朱庇特先派来一根梁木，青蛙们不满意，又要求派一位会活动的国王，于是朱庇特派来一只飞鹤。这只飞鹤会啄它们、嚼食它们，性子一起，就把它们囫囵吞下去。

对话

Conversation

［法］图卢兹-劳特累克

十二

人群

并非人人都能在人群里如鱼得水：享受人群是门艺术；懂此艺术者，呱呱坠地，就有仙女使他爱好异装和面具、厌恶家室、痴迷旅行；也唯独他，懂得耗尽同类、痛饮生命之活水。

众人、孤独，对活跃而丰产的诗人而言，二者对等，可以互化。不懂如何让众生在自己的孤独里群居，便不懂如何在碌碌众生间独处。

诗人享有无可比拟的特权，能随心所欲地成为自己和他人。如同那些寻找肉身的游魂，只要愿意，他就能附体于任何人。唯独于他，一切都虚席以待；如果有些去处看似对他关门闭户，那是因为在他眼里，这些地方根本就不值劳神一看。

在这种普遍的交融里，漫步者孤独遐思，汲取某种独特的迷醉。他轻易就能与人群结合，享受炽烈的快感；像宝盒一样封闭的唯我主义者，以及像软虫一样蜗居的懒惰者，则永远与此快感无缘。时机向他呈送的所有职业、所有欢乐及所有苦难，他都统统纳为己有。

灵魂全然委身于突如其来的意外、素不相识的路人，诗情与慈悲，毫无保留。与灵魂的这种神圣卖淫相比，与这不可言传的放浪狂欢相比，人类所谓的爱是多么渺小、多么狭隘、多么虚弱。

有时就该告诉世上那些欢乐的人儿，还有比他们的幸福更高、更妙、更纯的幸福，哪怕只是为了羞辱一下他们那愚蠢的傲慢也好。殖民地的开拓者、民众的牧师、流浪四方的传教士，这些神秘的迷醉他们应该都有所品尝；在他们的天赋所筑造的广阔家园里，向那些对他们动荡的命运和贞洁的生活表示怜悯的人，他们应该也曾报以窃笑。

杜乐丽花园的音乐会

Music in the Tuileries Garden

[法]爱德华·马奈

十三

寡妇

沃韦纳格[1]说过：出没在公园小径上的，主要是那些受挫的雄心、悲苦的创造、流产的功名、噬骨蚀心的伤痛、纷乱而封闭的灵魂；风暴最后的叹息仍在他们身上轰鸣，他们则退身隐去，远离那些欢快的人和闲散的人投出的怪异目光。这些影影绰绰的避退，是生活伤残者的集会。

诗人和哲人尤其喜爱将它们无餍的猜想引向这些地方。那里有他们放心的粮草。如果有什么地方是他们

1　沃韦纳格（Luc de Clapiers Vauvenargues，1715—1747），法国作家、人性研究家，传世之作为《人类精神引论》（*Introduction à la Connaissance de l'Esprit humain*）。

不屑一顾的，正如我适才所示，那定是富裕者的欢乐场。空虚的喧闹对他们施不出半点魅力；相反，这些虚弱、颓败、忧闷、孤苦无依的人，却将他们深深吸引。

久经历练的眼睛从不会就此犯错。在那或是僵硬或是沮丧的面孔里，在那或是浑浊黯淡或是尚有抗争之光闪烁的枯眼里，在那或是慢慢吞吞或是颤颤巍巍的脚步里，它们立刻能读出数不清的传奇——被负的爱情、不得赏识的忠心、枉然的辛勤、屈辱中默默咽下的饥贫。

您可曾看见过寂寥的长椅上的寡妇，那些穷困的寡妇？不管她们是不是在服丧，都能被一眼认出。再有，穷人的丧恸总是缺点什么，不协调的搭配使之更令人心碎。他们不得不跟自己的伤痛斤斤计较。富人则将之穿戴齐整，无一不缺。

什么样的寡妇最凄惨最叫人落泪？手拖黄口小儿却无法与其诉说念想的那位？还是孑然一身的那位？我不知道……有一次，我长时间地尾随了这样一位年迈的伤心人——她披着一条破旧的披肩，僵硬直挺，浑身一股坚韧的傲气。

显然，绝对的孤独注定要她遵从单身老人的种种习惯，但她举止的阳刚气又给她的朴实添了几分神秘的辛辣。我不知道她是在哪家穷酸的咖啡馆，又是以何种方式用的午餐。我尾随她到了阅览亭。我久久地窥视她，只见她那曾被热泪灼烫的双眼快速移动，在报纸上找寻适合自己趣味的新闻。

午后时分，秋日醉人，在回忆与怀念雨水般泻落的天空下，她远离人群，在公园的一角静坐，试着听听那场音乐会——一场犒赏巴黎人民的军乐。

或许这就是这位纯洁老妪（或是已得净化的老妇人）的小小放纵，是对那没有闲谈、没有欢乐、没有亲友、没有知心人的沉重时日的慰藉；上天在她头上降下这般日子或许已有数年！每年，有三百六十五次！

另有一次：

遇到在音乐会场地围墙边上挤来挤去的贱民，我总会忍不住看上一眼，即使不是出于常有的同情，至少也是出于好奇。夜空下，乐队抛出的曲调里尽是喜气洋洋、耀武扬威、恣情嗜欲之气。裙裾蹁跹，光彩照人；目光交错，情意脉脉；游手好闲之辈倦于无所事事，摇头晃脑，有气无力，一副细品音徽的假模假样。这里只有富人，只有生活如意的人；一切都浸淫于无忧无虑，一切都邀人恣意行乐；一切莫不如此，除了挤在围墙栏杆上的那群贱民——他们看着热火朝天、光彩四射的场内，不花分文，随风捕捉飘过的零碎乐声。

富人的欢乐在穷人的眼睛深处投影，这很是有趣。可是那天，在身穿工装和印花布衣的人群里，我却见到了一个人，其高贵的气质与四周的庸俗，形成鲜明的反差。

这是一个高挑、端庄的女人，神态高贵，我想不出往日的名媛贵妇还有谁能与她平分秋色。她通身散发着德行高洁的馨香，面容清癯而忧伤，与她那身丧服一和一唱。与她置身其中又视而不见的庶民一样，她也目光深沉，看着那个灯火通明的世界，她也轻轻点头，侧耳聆听。

何等奇特的景象！我自语道："这个穷人（如果世间确实有穷人）断然不会对钱财如此吝啬，她高贵的面容让我对此确信无疑。人群中她耀眼如火，可她为何会甘心置身于此？"

当我心怀好奇走近她时，我想我猜出了其中的原委。高挑的寡妇手里牵着一个孩子，和她一样，也身穿丧服；就算门票再低廉、再不足齿数，省下来也足够给小儿买件必需品，甚至买个小玩意，甚至买个玩具。

她将步行回家，沉思遐想，孑然一人，始终一人；

孩子吵吵闹闹，自顾自己，没有温情，也没有耐心；他甚至都不能像只动物，一只狗或一只猫，听她倾吐那孤寂的痛楚。

在马尔罗花园的图卢兹-劳特累克伯爵夫人

Madame Countess Adèle de Toulouse-Lautrec in the Garden of Malromé

［法］图卢兹-劳特累克

卖艺老人

歇闲的民众四处涌动、招摇显摆、欢天喜地。卖艺的、变戏法的、耍马戏的和流动商贩，他们盼望这节庆很久了，想凭此挽回一年的不景气。

我觉得这几天人们忘记了所有，没了痛苦也没了辛劳，各个变得跟孩子似的。对孩子来说这是假日，学校的头疼事统统抛之日后。对大人来说这是和生活的敌对力量达成的一次停火，是不休的紧张和争斗间隙的一次短暂停歇。

无论是上流人士还是精神生产者，都无法抵挡这全民狂欢的吸引。在如此氛围的感染下，不知不觉，他们都沉浸在了各自的无忧无虑之中。而我，一个真正的巴黎人，从不放过任何机会去反复打量这些在欢庆之际神气十足的棚屋。

事实上，这些棚屋都在炫奇争胜：叽喳如燕雀，嘶鸣如牛马，呜嗥如虎狼。喊叫声、铜器撞击声、烟火轰轰爆燃声，声声混杂。常年受风雨冲刷、烈日烤炙，小丑和笨伯面色黝黑、皮粗肉糙；他们对表演效果信心十足，镇定自若，挤眉弄眼，丢出的莫里哀式俏皮话笨拙而有力。大力士们尖脑门、塌额头，活似猿人，身穿前一天专为这场面洗净的紧身衣，故作威严，神气活现地炫耀着傲人的粗壮四肢。舞女们在提灯下跳跃旋转，美若仙子，艳如宫娥，衣裙上满是火光，星星点点。

处处是光亮、灰尘、喊叫、喧闹、欢快；有人在赚钱，有人在花钱，然而人人欣欣然。孩子们或为吃到糖果而粘在母亲的裙边，或为看到耀眼如神的魔术师而骑上父亲的肩头。油炸食品的气味盖过其他香气，四处弥散，像是专为这节庆燃起的香火。

一排棚屋的尽头，我却看到一个可怜的卖艺人。他靠着棚屋的柱子，似乎把自己与这普世的华彩隔绝开来，驼背、衰朽，形如枯枝、神似残烛，简直就是废人；那棚屋，比最愚钝的野蛮人的草屋还破败，上有烛头两根，流着油，冒着烟，完美照出一片穷困之境。

处处是欢喜、收获、恋酒迷花，处处是饱食终日的信念，处处是活力的狂热迸发。此处，是滑稽的破布烂衣下怪里怪气的悲苦，是绝对的悲苦——可怖至极。在此造成反差的，与其说是技艺，不如说是需求。他不笑，这悲苦的人！他不哭，他不跳，他不比画，他不喊叫；他不唱一支曲，无悲无欢；他也不乞求。他一动不动，没有一句话。他放弃了，他认输了。他的人生已成定局。

可他那游离在人群和光亮中的目光是那么深邃，那么令人难忘；游人和光明如潮似水，离他那令人反感的悲苦仅有一步之遥，却止步不前！一只发狂的手可怕地死扼我的喉咙；我的视线似乎模糊，被不肯落下的反抗之泪。

做什么？何必去问这命运的弃儿，在那臭气熏人的黑暗里、在那八花九裂的帘幕后，有什么稀奇货、有什么异境奇观可以拿出来示人?! 事实上，是我不敢。我胆怯的理由可能会惹您发笑，但我承认，我是怕让他丢脸。最后我终于下定决心，打算路过时往他的木板上放点钱，希望他也能懂我的心意。但就在这时，不知什么原因，一股人流涌过，卷着我远离了他。

回家时，这景象在我脑中挥之不去。我试图分析我这突如其来的痛苦，于是我对自己说：我刚才看到的是老文人的形象，他曾出色地愉悦一代人，那代人已经离世，而他还活着；他也是老诗人的形象，无亲，无友，无子嗣，被穷困和公众的忘恩负义贬黜，他的棚屋，健忘的世人也不再愿意走近！

垂死的土耳其人

The Dying Turk

[法] 欧仁·德拉克洛瓦

点心

我在游走。我置身其中的风景，有着不可抗拒的宏大和贵气。此时，似乎有什么东西在穿过我的灵魂。我的思绪飘舞翻飞，轻似流风；那些凡俗的情欲，诸如仇恨与俗爱，现在也离我远去，就如我脚下渊底那汹涌前行的云雾；我的灵魂辽阔而纯净，有如这将我环抱的天宇；俗世万物的记忆，只有在变得微弱难辨时，方才在我心中浮现，就如在远处——非常远——的另一座山的谷坡上吃草的那些让人难以察觉的牲畜的铃铛声声。小湖水面黝黑，波澜不兴，深不见底，时有云影浮过，形如空中飞过的巨人的披风。我还记得，那是某种完全静寂无声的宏大运动带来的感觉，庄严而稀有，让我喜不自胜，又心生恐惧。总之，这荡人胸怀的美围绕着我，我感到我与自己、与天地安然而共生；我尽忘一切尘世之恶，在极乐至福之中陶然忘机，我甚至相信，我再也不会觉得那些鼓吹人性本善的报刊荒诞无稽——就在这时，无药可救的物质再次发出指令：长久的登高之后，我得消除困倦，缓解口腹之欲。我从口袋掏出一大块面包、一个小皮杯，还有一小瓶药剂，是当时的药剂师都会兜售的那种，以便游客在需要时混着雪水饮用。

就在我不急不慢地切开面包时，一阵轻微的声响让我抬起了眼睛。一个小人儿站在我面前，衣衫褴褛、蓬头垢面，正用他那空洞、怯生、又满是哀求的双眼贪婪地吞食着我的面包。只听到他用微弱而沙哑的叹息声吐出两个字：点心！听到他对我这几乎是白色的面包的美称，我禁不住大笑起来，然后切下一大块，给他递过去。慢慢地他走过来，紧紧盯着他垂涎觊觎的目标；接着他一把抓走面包，急遽后退，似乎怕我并非诚心给他，或是怕我已经反悔。

但就在同时，不知从哪里蹿出另一个小野人，将他掀翻在地。他和第一个小人儿像极了，简直就是孪生兄弟。他们在地上扭成一团，抢夺宝贵的猎物，谁也没想过将之牺牲一半给兄弟。第一个勃然大怒，一把揪住第二个的头发；第二个一口咬住第一个的耳朵，啐出一句绝妙的土话咒骂和半块血肉模糊的耳朵。点心的合法占有者拼命将他的小利爪抠进强盗的眼睛；强盗一只手使尽全力死扼敌人，另一只手试图将战利品塞进衣兜。战败者再次被绝望激活，跳起来直冲胜利者的肚子一头猛撞，将之撞翻在地。何必描述这场丑陋的恶战？事实上，它的持续之久，远远超出幼童的体力极限。点心从一只手转进另一只手，又从一只衣兜分秒间转进另一只衣兜，但是，唉！它也在变小。终于，他们精疲力尽，残喘不接，污血淋淋；终于，他们无法继续，不得不停战。说实话，这个时候，也没什么可为之而战了。那块面包早就消失了，早就碎成细屑，细得就像与之混杂的沙粒。

这一幕使我的风景黯然失色，见到这两个小人儿，之前那让我满心欢喜的安乐也已经了无踪影。我因此久久不快，反复念叨："因此，有一个绝妙的地方，面包在那里被称为点心；这美食在那里真是稀有，足以完美地引发一场弑兄屠弟的血战！"

奶油面包

The Brioche

[法] 爱德华·马奈

十六

时钟

中国人透过猫眼看时间。

一天，一位传教士在南京郊区散步，发现忘了戴表，就向一个小男孩打听时间。

天朝的这个小孩先是一阵迟疑，随即便有了主意。他回答说："我马上就告诉您。"片刻之后，他抱着一只大肥猫回来了。就像大家说的那样，他看着猫的瞳孔，毫不迟疑地断言："还不到正午呢。"确实如此。

费丽娜[1]，多好的名字！她是女性

---

1 该名原文为 Féline，本为阴性形容词，意为"猫科动物，像猫一样"。

的荣耀，是我心灵的骄傲，是我思想的香料。如果我向她俯身，无论白昼，还是黑夜，无论朗朗日光下，还是朦朦月色里，在她可爱的眼睛深处，我始终都能清楚地看出时间；那时间亘古不变，天地般广阔、宏大、庄严，没有时刻，没有分秒——那不是刻在钟面上的时间，它静止不动，却轻盈似一声长叹，倏忽如惊鸿一瞥。

我的目光在这美妙的表盘上落停时，如果哪个讨厌鬼来打搅我，如果哪个粗鲁又小气的毛神、哪个不识趣的妖魔鬼怪跑过来说："这么专注，你在看什么？你在这生灵的眼睛里找什么？见到时间了吗，懒惰浪荡的凡人？"我会毫不犹豫："是的，我见到了时间。它就是永恒！"

这才是真正配得上您的情歌啊夫人，它出奇惊

人，就跟您本人一样，不是吗？的确，这番恭维
错彩镂金、矫揉造作，可我啊，自得其乐，不求
回报。

女人与猫
Woman with a Cat

[法]爱德华·马奈

十七

头发里的半个世界

久久地，让我久久地闻你头发的浓芳，让我的脸整个埋进，就如口舌焦渴的人把脸埋进甘泉，再让我的手把它们抖动，就像挥舞一方桂馥兰香的手绢，把回忆在风里摇醒。

你如若能悉知我在你发中的所见、所闻、所感！我的心御芳香而遨游，一如他人的心乘音乐而徜翔。

你的发里装着一个完整的梦，梦里满是帆，满是桅杆；你的发里装着一片浩瀚的海，海上的季风把我带进迷人的天色，那里的天更蓝、地更广，那里的风中尽是果实、枝叶和人体的醇香。

在你发的汪洋，恍惚显出一座港湾。那里，忧伤的歌声四起，五洲四海的健硕男子麇集；广袤的天空里，尽是造型各异、精致繁复的邮轮的剪影；永久不退的热浪懒懒散散，四处游移。

抚摸你的发，我又重回那艘华美邮轮的舱房，在卧椅上坐躺，四周满是花盆，凉水罐泠洌清爽，港湾的细浪左摇右晃，晃得人心困懒，晃得时日漫长。

在你发的熊熊火炉里，我嗅闻混着鸦片和糖的烟草；在你发的黑夜里，我看见热带碧空放射出的无限之光彩；在你发的海滩，毳毛茸茸，我沉醉在麝香、焦油和可可油混出的气味中。

让我久久地咬你沉甸甸的乌黑发辫。你的发倔强
而有弹性，轻轻吮咬哦，就像咀嚼往昔的回忆
纷纷。

乡间情侣

Lovers in the Countryside

[法] 古斯塔夫 · 库尔贝

十八

邀游

有一个绝妙的地方，大家称之为理想福地，我梦想，和一个熟识的女友前往。好个奇特的地方，它隐没在我们北国的浓雾里；或许，我们可称之为西方的东方、欧洲的中国。在那里，热烈而随性的幻想无拘无束，拈出灵花香草，细心而执着地给它增色添彩。

那是一个真正的理想福地，那里万物静美、饱满、高洁；奢华在秩序中映照成像；生命的气息饱满而柔和；幸福与静默结缘；无序、嘈杂和不虞被清除得干干净净；就连饮食也内含诗情，白腻腻，让人胃口大开；那里的一切都与你相像哟，我亲爱的天使。

你可曾被那让人狂热的疾病在冰冷的穷困中紧抓不放？你可曾对一无所知的国度苦苦思恋？你又可曾因好奇而焦躁不安？有一方地域与你相像，那里万物静美、饱满而高洁，幻想筑造并装扮出一个西方的中国，那里生命的气息柔和，幸福与静默结缘。这就是应该去生、应该去死的地方！

是，这就是应该去呼吸、去做梦、去以感觉之无限让时光留驻的地方。有位音乐家曾经谱写《邀你跳起华尔兹》，可是谁人又会谱一曲《邀游》，好让我们献给我们深爱的女子、献给我们的意中人呢？

是，唯有在如此的氛围里才能活得安好——在那里，慢悠悠的时光蕴含着更多的思绪；在那里，奏响幸福的钟声富含深意，庄严而悠远。

闪闪发亮的壁板上、黯淡而富贵的金色皮革上，一幅幅图画隐隐显显，恬静、平和而深邃，有如将之创造出来的艺术家的灵魂。夕照透过漂亮的帘布，透过铅棂密匝、精工细作的高窗，把餐厅和客堂染得绚丽多彩。家具宽大、奇特又怪异，道道暗锁，隐秘重重，有如一颗颗精致的心灵。镜子、纹章、帘布、彩陶和金银器奏起视觉的交响，无声而神秘；所有的物件、所有的角落、抽屉所有的缝隙、帘布所有的褶皱，都流溢着一种奇特的芬芳，那是苏门答腊岛的迷情返魂香，是这房屋的魂灵。

那是一个真正的理想福地，告诉你吧，那里的一

切都丰富、闪亮、洁净，如美好的心灵，如精美
绝伦的餐具，如光华灿烂的金银制品，如五色缤
纷的珠玉首饰！那里就像一个有功于天下的勤恳
劳作者的居所，世上的奇珍异宝无不汇聚于此。
好个奇特的地方，它胜于其他任何地方，一如艺
术胜于自然，在那里自然因梦幻而全然一新，在
那里自然被修正、被美化、被重铸再造。

那些园艺魔法师啊，但愿他们会探寻——会始终
探寻——他们幸福的极限，并会无休止地去打破
极限！但愿他们也会重金回馈那些助他们实现宏
愿的人！而我，我已找到了我的黑色郁金香和我
的蓝色大丽菊！

失而复得的郁金香，寓意深远的大丽菊，无与伦
比的花哟，你们应该去那安宁而惹人遐想的地方

生长开放，你们会被你们的类生者环绕，用神秘主义者的话说，你们会在自己的应和中，照出自己的真相。不是吗？

梦！总是有梦！越是志远心细，梦就越会让灵魂背离现实。人人天生自带一剂鸦片，那鸦片不断地分泌、不断地再生。然而从生到死，我们恣意享乐、谋而后动、动无不达的日子，能有多少？我脑中绘出的这幅图画，这幅与你相像的图画，我们是否会有朝一日置身其中，共度余生？

那珍宝、那家具、那豪华、那秩序、那芬芳、那神奇的花哟，就是你。还是你啊，那宽阔的水流、那宁静的运河。那些装满财富顺水而行的巨轮上，升起船工们单调的歌声，那是我的思绪哟，在你的双乳间或是翻滚，或是安睡。你将这思绪——

缓缓地——引向大海，引向无限；你美丽的灵魂一片澄澈，映出天空的万般深邃——满载东方物产、倦于急风高浪的巨轮返回故乡的港口，那依然是我的思绪哟，它们饱食精华，从无限归来，朝你驶去。

景致

Landscape

[法] 古斯塔夫 · 库尔贝

穷人的玩具

我想谈谈无辜的消遣。无罪娱乐，少之又少！

如果您早上想在大道上闲逛，出门时别忘了在衣兜里装满不值钱的小玩意儿——由一根线牵动的扁平驼背小丑、在铁砧上捶打的铁匠、骑士和他那尾巴是个口哨的骏马——送给您在酒馆旁、大树下遇到的那些不相识的穷孩子吧。您会看到他们出奇地睁大眼睛。他们起先不敢拿，他们无法相信这幸福是真的。他们接着会一把抓走礼物，拔腿就逃，就像那些已经明白不能轻信人类的猫，要离您远点去吃您丢给它们的东西。

在一条大道上，有座宽广的花园；铁门后，站着一个水灵灵的俊秀孩子，身穿那种花哨的乡下衣服；花园尽头，晨光飞溅，隐隐露出一座洁白的漂亮古堡。

奢华、无忧、见惯不惊的富贵让他这样的孩子看起来如此俊美，让人不禁觉得，他们和庸人或穷人的孩子是用不同的材料捏出来的。

他身旁的草地上，躺着一个耀眼夺目的玩具娃娃，金灿灿、亮闪闪，身披紫袍、头饰翎羽，宝气晔晔，和它的小主人一样，光鲜动人。但那孩子对他喜爱的玩具却并不上心，他一直盯着——

铁门另一边，大道的荨麻和小蓟丛里，站着另一个孩子，脏兮兮的，又瘦又弱，灰头土脸——是个贱民的小孩。正如懂行的夹剪眼会在马车的清漆下看出绝世画作，公允的慧眼，也会洗去他身上那恶心的苦难之泥垢，从中见出美来。

这重重铁栏将大道和古堡隔为两世，别有意味；隔着铁栏，穷孩子把自己的玩具展示给富孩子；富孩子观察得那般贪婪，像是发现了从未见过的稀世宝贝。然而，小邋遢鬼装在笼子里百般逗弄、轻摇又猛晃的那玩具，是只活田鼠！大概出于省钱，他父母从生活中，给他翻出了这玩具。

两个孩子一个对一个笑着，像兄弟一样，露出同样洁白的牙齿。

艾琳 · 高更与她的其中一位兄弟

Aline Gauguin and One of Her Brothers

[法] 保罗 · 高更

仙女们的赠礼

众仙女集聚一堂，给一天前降生的新生儿分配赠礼。

所有这些古老又任性的命运姐妹——怪癖的悲喜之母，都神态各异，不尽相同：有的脸色阴沉，怒目切齿；有的嬉笑打闹，古灵精怪；有的年轻，一直年轻；有的苍老，一直苍老。

所有笃信仙女的父亲都抱着自己的新生儿赶来了。

禀赋、才干、好运、不可战胜的机遇，都像奖品一样，依照价值的大小有序摆放在评判台旁。不同的是，这些赠礼并非对辛劳的酬赏，而是赐予尚未涉世半步者的恩惠；这恩惠将决定命运，成为或是苦难、或是幸福的源泉。

可怜的仙女们忙得不可开交，因为求赏的队伍实在庞大，而她们的世界介于人神之间，跟我们的世界一样，也须服从时间女神，以及她无穷后嗣的可怕铁律——日、时、分、秒。

事实上，她们是有点措手不及，就像国王召见之日的朝臣，或是允许免息赎回当品的国庆大典之日的当铺店员。我甚至相信，她们时不时就会瞅上一眼钟表指针，急不可耐，就像某些判案从早到晚的法官，不由自主地会想想晚餐、想想家人、想想门口那亲切可爱的便鞋。不必对人世裁决偶尔的草率和随意大惊小怪，就连超自然的裁决也会如此。设身处地，那种情形下，我们自己可能也难免犯错。

如果认定仙女永恒不变的突出特性是谨慎而非任性，那么，她们那天的过失也就的确离奇古怪。

这不，磁铁般招财进宝的能力，被判给了一个富有人家的唯一继承人。这人心无慈悲，对世上最招眼的钱财也毫不动心，日后定会被他的万贯钱财所困。

这不，爱美之心和八斗的诗才，被赐给了一个赤贫者的儿子。这人脸色阴沉，是个采石匠，无论如何也解决不了他可怜儿子的衣食之需，更无力助他一展才华。

忘了说，在这般庄严场合，裁决不能撤回，受赠者不得拒绝任何赠礼。

所有仙女都觉得苦差已经完成，因为所有礼物都已悉数送出，她们再没任何东西可赐予这群蝼蚁，以示慷慨。于是她们起身准备离开。就在这时，一个憨厚的人——我想那是个小商贩——站起来一把抓住身边仙女的烟霞彩衣：

"啊呀！仙娥！您把我们给忘了呀！这儿还有我的孩子！我可不想白跑一趟啊。"

仙女有点尴尬，因为什么都没有了。不过她及时想起了超自然世界里的一条极少应用、却无人不知的法则——超自然世界里住的是看不见摸不着的精灵：仙灵、地精、蝾螈火精、男气精、女气精、水妖、男水精、女水精，他们是人类的好友，时常得顺应顺应人类的种种情欲——我说的法则是：在类似情况下，也就是赠品穷尽时，只要仙女的想象力能够即刻创造一份，她就会被特许送出一份额外的、例外的礼物。

和善的仙女于是拿出与自身地位相符的从容，回答道："我赐你儿子……我赐给他……讨人欢心的天分！"

"可是怎么讨人欢心？讨人欢心……？为什么讨人欢心？"小店主一个劲地追问。他明显是那些再平庸不过的推理者之一，根本没有能力上升到荒诞逻辑的高度。

"因为！因为！！"仙女恼怒地边说边转过身，赶上同伴们的队伍，跟她们说："你们看看这个虚荣的小法国佬！他什么都想搞个清楚，都给他儿子求得最好的赠礼了还问东问西，胆敢对不容争辩的事情吵吵嚷嚷！"

火焰（火之女神）

The Flame（Goddess of Fire）

［法］奥迪隆·雷东

二十一

诱惑或爱神、财神及荣誉女神

昨夜，两个绝美的魔鬼和一个同样出众的女魔登上了那神秘阶梯；就是通过这一阶梯，魔鬼猛攻熟睡者的弱点，与之秘密交谈。三者身上磷光熠熠，在漆黑的夜里分外醒目。他们不可一世地站在我面前，活像高居讲坛的布道者，真是高傲，真是威风，起初我还以为是三尊真神。

第一个魔鬼长了一张不男不女的脸，身段却不乏昔日酒神祭司的那种柔软。只见他的双眸困懒，色彩黝黯难辨，仿佛疏风狂雨后的紫罗兰，泪波潋滟，垂垂欲滴；又见他双唇微启，恰似火上熏笼，暗香浮动，游丝静逐；听他一声轻叹，但见炽烈的气息中，有萤虫翩跹起舞，羽翼楚楚，麝香袭人。

一条长蛇缠在他的紫袍上，光彩闪闪，形似腰带，上面挂满装有致命药水的小瓶小罐、放着寒光的刀具，以及形形色色的手术器械；它正抬起头，朝着魔鬼懒洋洋地转动着它火炭般的眼珠。魔鬼右手拿着一个小瓶，里面是闪着红光的药水，上面的标签很是古怪："喝吧！这是我的血，补品中的极品！"他左手握着一把提琴，肯定是用来歌唱他的悲喜，传播巫魔夜会的疯狂。

他纤细的脚腕上拖着几个有断口的金链环，当不适感使他不得不低头时，他就会洋洋自得地欣赏起脚趾，闪亮光滑，温润如玉。

他看我一眼，无可慰藉的双眼流出蛊惑人心的迷醉；他双唇微启，清圆宛转："你若愿意，你若愿意，我就让你成为灵魂的主宰，你将玩弄天下生灵于股掌，远胜能工巧匠之于掌中泥丸；你灵魂脱体，潜形于他，陶然忘我，吸引外物元神出窍，与你相合；你将尽享此乐，此乐永生而不息。"

而我应道："真是感激不尽呦！我何须那些低劣的蝼蚁之辈！我可怜我可悲，但比起他们，兴许还略胜一筹。尽管我羞于忆起旧事，但我不愿忘记一点一滴；尽管我对你一无所知，老怪物，但你那神秘兮兮的五金铺，你那凶吉难辨的瓶瓶罐罐，还有那让你腿脚难迈的金锁链，都是你的情意招灾引祸的明证。这礼物，你还是收起来吧。"

第二个魔鬼没有那半喜半悲的神情，没有那含蓄婉转的仪态，也没有那精巧流香的美姿。他就一彪形大汉，脸盘肥大，没有眼睛，沉甸甸的大肚垂悬在两根粗腿之上，周身金色，错文成画，绘出在人间各色疾苦中挣扎的众生群像：几个小人瘦骨嶙峋，把自己吊挂在一枚铁钉上；畸形的侏儒又干又瘦，哀求的眼神比颤抖的双手更能让人心生慈悲；还有年迈的母亲，被榨干的乳房上吊着她们那发育不全的早产儿……其他的人物尚有许多。

肥胖的魔鬼用拳头捶打他硕大的肚子，发出金石相撞的声响，悠长洪亮；末了，是千人万人的呻吟，隐隐约约。接着他大笑不止，恬不知耻地亮出满嘴烂牙。他毫无忌惮地蠢笑着，就像那些随处可见的晚饭吃撑了的家伙。

他对我说:"我给你一样东西,用它你能取代一切,你能获得一切!"他又拍起那畸形的肚子,发出轰轰的回声,响应他粗鄙的言辞。

我厌恶地转过头,回答说:"我的享乐无须以任何人的苦难为代价;你的身上就像糊了一层墙纸,上面绘出的财富尽是灾祸之果,我一样也不要。"

而那女魔,我得承认,一打眼我就觉出她有异样的魅力,否则我就是撒谎。那魅力,我只能比为春华已尽、却无半点衰老的美人的魅力,那是废墟的美,美得透人心神。她神情蛮横又呆笨,双眼黑青,却勾魂摄魄。但最让我吃惊的,是她嗓音的神秘,它让我忆起最甜美的女低音,也让我想到被烧酒不断洗磨的喉咙。

"想见识我的力量吗?"假女神的声音迷人又反常,
"听着。"

说完她拿出一把巨大的铜号,上面缠着全世界所
有报纸的名称,活像个口哨吹卷。她边吹铜号边
喊叫我的名字,声如万钧雷霆,直上九霄,又复
转回来,在我耳边回响不绝。

"见鬼!"我已经有点要屈服了,"真是稀奇!"但
就在细细打量这个魅惑人心的男人婆时,我隐约
觉出曾见她与我认识的几个古怪家伙添酒回灯、
举杯换盏;而那粗哑的铜号声,在我耳中又唤起
一把卖淫铜号的什么记忆。

我的鄙夷之情无以复加:"滚开!我可不是为迎娶
某些我不想指名道姓的人的姘妇而生!"

如此大胆的自我克制，我当然有权引以为豪。但不幸的是，一觉醒来，所有的力量都弃我而去。我自言自语："事实上，我一定是睡得死沉，才会如此瞻前顾后。唉！如果他们能在我醒的时候再来，我定不会如此矫情饰行！"

我大声地祈求他们，求他们宽恕我。我甘愿受尽凌辱，只求他们能垂恩于我。他们再没有来过，我定是过分地冒犯了他们。

夜晚的声音

Voices of Evening

［法］古斯塔夫·莫罗

二十二

暮霭

暮色垂降。那些因一天的劳作而疲惫不堪的可怜人，终于开始舒缓下来。他们的思想，现在也染上了暮霭那柔和而朦胧的色调。

然而，一阵杂乱吵闹的喊叫，穿过傍晚透亮的云霞，汇成一声长长的呼号，自山顶直冲我的阳台而下。天地之间，一曲交响阴森可怖，如海潮上涨，如风雨压城。

是哪些苦命的人啊，即使黄昏也不能让他们安静下来？他们就像鸦鸟，错把正在降下的夜幕，当作巫魔夜宴的信号。这不吉利的唬唬鸦叫，来自高栖山顶的黑色收容院。

傍晚，我抽着烟，静观这大山谷的安息，谷中房舍如林，每扇窗子都在声言："此处有平和，此处有天伦之乐！"当风从山岗落下，在地狱交响中受惊的我的思绪，我便能轻轻安抚，让它入眠。

暮霭会刺激疯子——我想起，暮霭曾让我的两个朋友病得不轻。其中一个，从此不懂情与礼的关联，像野人一样粗暴地对待一个访客。我曾见他将一块上好的鸡肉朝餐厅的领班头上砸去，也不知道他在鸡肉中到底看出了何种天书咒文，令他那般忍无可忍。傍晚，乃人间极乐之前奏，却成了此公糟践人间美味的祸根。

另一个人雄心受挫，蜷屈不伸。太阳一旦西斜，他就开始变得阴沉、尖酸、好戏弄人。白天他宽厚合群，一到傍晚就变得冷酷无情。他这暮霭怪癖不仅累及他人，也伤及自身。

第一个朋友认不出妻儿，发疯而死；第二个，终日烦闷、心怀不安，就算他的胸前挂满所有共和国、所有皇家王室的奖章，我想，暮霭依旧会让臆想出的荣誉，在他的胸膛燃起熊熊的欲火。夜晚在他们心中注入黑暗，却在我的心中播洒光明；一因生二果，二果相异如水火，这种事并不稀奇，但我始终对之百思不解、心存戒备。

哦，夜晚！哦，清心爽目的黑暗！你们为我点亮内心节庆的信号，你们让我脱离苦海！在平野的寂寥中，在首府石造的迷宫中，明灭不定的满天星星，骤然亮起的万家灯火哟，你们就是自由女神点燃的礼花！

暮色啊，你多么柔和多么甜美！黑夜凶猛，压迫白日，那妃红的微光在天际久久不去，好似白日奄奄的喘息；华柱路灯的火光，给夕照最后的光彩抹上暗红的斑点；一只无形的手，从东方的尽头拉起厚重的帷幕。一切，都仿写着生命的庄严时刻在人心中激烈搏斗的种种复杂情愫。

又似一条奇特的舞裙，深色的薄纱下，黼黻的衬裙隐曜含华，若有若无，就如甜美的昔日，意欲刺穿今时的黑暗；舞裙上闪烁的星光，是奇思妙想点燃的烟火，只在夜神丧恸之时方才点燃的烟火。

卢河谷

Valley of the Loue

[法] 古斯塔夫·库尔贝

孤独

一位博爱的办报人跟我说，孤独对人不好；为了证明他的话，他跟所有不信教的人一样，引用了教会圣师们的条条训导。

我知道，魔鬼是在焦金流石之地出没，肆淫凶杀之意是在孤独中让人不可思议地腾起烈焰。或许也有可能，孤独只对胡言乱语、虚度光阴的心灵是危险的，因为他们的孤独，为情欲和幻想所居。

饶舌者的至高快乐是高居讲坛，但登上鲁滨孙的岛，毫无疑问，他就会发癫发狂。我不苛求我的办报人能有鲁滨孙那鼓舞人心的德行，但我请他不要对孤独和神秘的钟爱者横加指责。

我们人类喜好打牙。断头台上如果允许放言阔论，而不必担心被桑泰尔[1]的鼓声切断话头，总会有人在接受极刑时不再那么勉强。

我不可怜他们，因为我猜想言辞宣泄带给他们的快感，与其他人从沉默与静思中获取的快感不相上下。但我蔑视他们。

我尤其渴望我那该死的办报人能让我随性而乐。他总是一副卫道士的腔调："您就从未有过与人分享您的快乐的需求吗？"瞧这嫉妒的家伙，多狡

1　A. J. 桑泰尔（A. J. Santerre，1752—1809），巴黎市郊一家啤酒厂老板，大革命时期任巴黎国民军总司令。路易十六被送上断头台时要求对民众讲话，他便令人擂鼓干扰。

猾！明知我对他的快乐不屑一顾，这可憎的败兴者却一心盘算着暗中潜入我的快乐！

拉布吕耶尔[1]曾经感慨："不幸啊，无法独处！"这似乎是在挖苦那些担心无法忍受自己，就跑进人群以求忘记自己的人。

另一位贤人帕斯卡[2]断言："我们所有的不幸，几乎都是因为不懂如何待在房间里。"我想，他是在冥思的斗室召唤那些惶惶不可终日的人，那些在动荡和卖身中求幸福的人，那种卖身，用本世纪最漂亮的话来说，就是友爱。

1　拉布吕耶尔（Jean de La Bruyère，1645—1696），法国人性学家，传世名作为《品格论》（Les Caractères）。
2　布莱兹·帕斯卡（Blaise Pascal，1623—1662），法国物理学家、数学家、思想家和作家，传世名作为《思想录》（Pensées）。

孤独（她们）

Alone（*Elles*）

[法]图卢兹-劳特累克

假想

在一座冷清的大公园里，他一边走一边自言自语："她身穿繁复而气派的宫服，在一个美丽傍晚的流风里，朝着宽阔的草坪和喷泉，循着御路踏跺，款款而下。倘若如此，她会多么美啊！因为她生来就一身名媛贵气。"

片刻后走过一条街时，他在一家版画店前停了下来。纸板箱里有一幅热带风情版画，他便自语道："不！我不想在宫廷里占有她宝贵的一生，那里不是我们的安身地。而且，那里的墙壁镶金嵌玉，没有一处能挂她的画像；且那廊桥水岸又是那样地庄严，没有半个隐秘的角落。毫无疑问，只有居于彼处，才能让我的人生梦想生芽开花。"

他的眼睛钻研着版画的一笔一画，心里却在想："海边，一座好看的小木屋，四周是不知其名、闪闪发亮的奇树异草……空气中香气醉人，妙不可言……小木屋里，麝香和玫瑰香浓烈熏人……在我们小乐园的后面——远处——一截截桅杆在涌浪里摇摇荡荡……我们周围，玫瑰色的阳光透过遮帘，照亮卧房——里面有清凉的席子和香气袭人的鲜花，还有葡萄牙洛可可风格的稀有靠椅，乌黑而沉重（她倚在那里休息，抽着含有微量鸦片的烟草，乘着风凉，身心安宁！）；遮阳游廊的另一边，沉醉在阳光里的鸟儿吵吵闹闹，黑皮肤的少女叽叽喳喳……深夜，林籁结响，木麻黄忧郁伤感，这小曲哀怨，为我的美梦凄凄地伴唱！

对，我寻找的舞台，其实就在彼处。王宫，与我何干？"

他又沿着一条林荫大道走去，看见远处有一家异常干净的小旅馆，窗上挂着的印花布帘五颜六色，喜气洋洋，窗台上伸出两个脑袋，笑容满面。见此他又自语道："我的思绪啊，真是无根的浮萍，触手可及的东西，它竟要远行千里去找。幸福和快乐就在这偶遇的第一家旅馆里，这里啊，正是欢情的沃土。大大的火炉、光彩耀眼的瓷器、一顿便饭、一壶烈酒、床榻宽大、罩单粗糙而清爽。夫复何求？"

此时，《智慧书》的要言妙道不再会被外界的喧闹扼杀，他独自走在回家的路上，自言自语："今天，我在三处梦境福地游走，享受了同等的快乐。

既然我的灵魂如此敏于漫游，我又何苦一村一庄、

一山一水地伤筋动骨？既然假想本身就乐趣无穷，

那又何苦去把假想落实？"

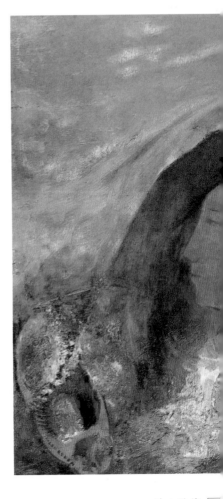

诗人的梦

Poet's Dream

[法] 奥迪隆·雷东

二十五

美丽的多罗泰

可怖的阳光直直射下，压迫着城市；沙滩耀眼，大海如鉴。迷迷糊糊的世界在松松垮垮，卧地而睡。这午睡是种甜美的死亡，入眠者半睡半醒，品味自己化为乌有的快感。

然而多罗泰，太阳般强壮而骄傲，此时万里碧空下的唯一活物，正走在空无一人的街道，在阳光里染出一团醒目的黑斑。

她走着，肥硕的臀上，纤细的腰肢软软地扭着。浅粉色的丝裙，贴在她黝黑的肌肤上分外突出，一丝不走地勾出她颀长的腰身、隐隐的背沟、坚挺的乳房。

红色遮阳伞过滤后的阳光影影绰绰，在她黑黑的脸颊上，扑了一层殷殷的红。

厚实的长发泛出淡蓝，在她别致的脑后垂坠；她的头微微抬起，有几分神气，有几分慵懒。沉甸甸的吊坠，在她好看的耳畔暗自打玲。

时不时地，海风掀起她轻扬的裙角，露出她油滑光亮的绝美小腿；她的脚，就像欧洲禁闭在博物馆里的大理石女神的脚，在细沙上精准地印出它们的样子。多罗泰哟，真是出奇地喜好卖弄风情，为了受人爱慕的快乐，她宁肯舍去自由人的骄傲。这不！尽管是自由人，她也依然赤脚行走。

她就这样走着，如一支清音妙曲，脸上是生活的欢喜，唇间是白净的微笑；仿佛她在远处看到一面镜子，镜子映出她的走姿，映出她的美貌。

这个时候，就连那些狗都难忍烈日的炙烤，趴在地上哼哼唧唧，那么，是什么强大的力量，竟驱使一向疏懒的她，冷艳如铜雕的多罗泰哟，如此前行而去？

她为什么会离开小茅屋？她那小茅屋装扮得那么妖艳，里面的鲜花和草席并不值钱，却造出了一间完美的闺房；在小茅屋里，她乐乐陶陶，梳着头，抽着烟，乘着风凉，在大大的羽毛扇的镜子里顾盼自怜；百步之外，海浪拍打沙滩，单调而有力地和着她的梦，朦朦如烟；院子的一角，一口铁锅用藏红花炖起蟹肉米饭，芳香阵阵，惹人垂涎。

或许，她和某个年轻的军官有约。在某处遥远的海滨，这军官曾听同伴们说起远近闻名的多罗泰；毫无疑问，这单纯的尤物会恳求他描述巴黎歌剧院的舞会，还会问他可否赤脚前往，就像星期天舞会上，那些快乐得发痴发狂的非洲老太婆一样；她兴许还会问，巴黎的那些美太太，是不是个个都比她好看。

多罗泰人人爱、人人疼，如果她不用一分一文地攒钱替她妹妹赎身，她兴许会活得极其幸福。她妹妹已经十一岁，很是成熟，生得又是那么漂亮！她定会如愿，善良的多罗泰。那孩子的主人如此贪财，贪财如命，根本不懂金钱之外尚有别样的美！

撑伞散步的年轻女子

Young Woman Taking a Walk Holding an Open Umbrella

[法] 爱德华·马奈

穷人的眼睛

啊！您想知道今天我为何厌恶您。我解释给您听很容易，您要理解却会很难；因为我认为，您是女性铁石心肠的典范，举世无双。

我们一起度过了漫长的一天，可是于我而言，这一天却显得如此短暂。我们相互许诺，要我们所有的思想相通，要我们的灵魂从此合二为一。所有男人都有这个梦想，但从没有任何人实现过。说到底，这是一个了无新意的梦想。

晚上您累了，想在一家新开业的咖啡馆前坐坐。咖啡馆位于一条大道的拐角处；那大道是新修的，上面还满是碎石破砖，却已经在自豪地显摆它那尚在雕镂琢磨的华彩。咖啡馆光彩熠熠。汽灯释放出新生者特有的光华，使出它的全部力量，照亮白晃晃的墙壁、耀眼的镜面、墙壁护条和浮雕上的金饰品、被狗拖着小跑的肥脸侍从、望着手臂上的鹰隼大笑的贵妇、头顶或是野味或是水果点心的仙灵、手捧盛满牛奶的双耳尖底壶或双色尖碑似的什锦冰激凌的斟酒女神和宙斯的酒童。整个的历史和神话，都来服务饕餮盛宴了。

我们面前的马路上，呆呆地挺立着一个四十来岁的憨厚男子，面色疲惫，胡子灰白，手里牵着一个小男孩，怀里抱着一个太过虚弱而无法行走的幼儿。他在充当保姆，领着孩子乘晚凉。三人全都衣衫破烂。三张面孔出奇地严肃，六只眼睛死死地盯着新咖啡馆，露出同样程度的惊奇，只是年龄不同，色彩有异。

父亲的双眼在说："漂亮！真是漂亮啊！这世上的金子好像全跑这墙上来了。"——小男孩的双眼在说："美！真是美啊！可这房子只有那些跟我们不一样的人才能进去。"——而那幼儿的双眼，已经深受迷惑，只是表露出深深的、傻傻的快乐。

歌曲里说，快乐使心慈悲、使魂美善。对那晚的我来说，这首歌曲所言极是。我不仅被这家人的眼睛感动，还因我们的酒杯和水瓶感到羞愧：它们远远超出我们解渴的需要。我转过眼去看您的双眼，心爱的爱人，想从中读出我的思想；我沉入您碧蓝的眼睛——哦，真是美——里面满是奇思妙想，满是月神注入的灵气，满是古灵精怪的柔情。您却突然对我说："这些人的眼睛瞪得就跟

走马车的院门一样，真叫人受不了！您就不能把
老板喊来，让他们离这儿远点吗?"

心心相印可真难，亲爱的天使，哪怕是相爱的人
之间，思想的沟通竟然也如此之难!

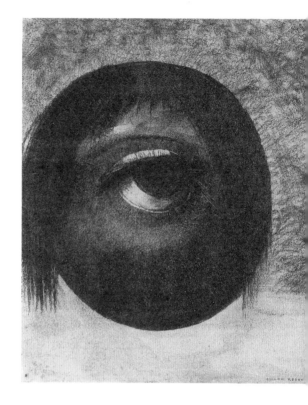

目光

Vision

[法] 奥迪隆·雷东

二十七

英勇的死亡

方西乌勒是个人人称赞的小丑演员，还是国王的好友。但对献身喜剧的人来说，国家大事具有致命的吸引力。一个丑角的头脑里尽是国家和自由的观念，这的确是怪事，但方西乌勒还真就加入了几个心有不满的贵族策划的谋反活动。

正派人士到处都有，他们的使命就是向当权者揭发那些热血沸腾、不察民意就要废黜国君改天换地的人。涉事贵族，于是被捕入狱，必死无疑。方西乌勒也不例外。

我总认为，国王看到谋反分子中有自己宠爱的喜剧演员时，会怒不可遏。与其他国王相比，他不算好，但也不算坏；可他极其敏感，在很多场合下，都比其他所有国王更鸷愎。他酷爱美术，还是个行家，总是处处寻求愉悦，贪得无厌。他对人和道德满不在乎，又是真正的艺术家，无聊是他唯一的劲敌。在他的天下，写史如果能言无禁忌，而不只是为了讨人欢心或制造惊奇——惊奇，的确是最精妙的快乐形式之一——那么，他或为逃避，或为打败无聊——这人生的暴君——而为的种种乖戾行径，定会从严厉的史学家笔下为他换得"恶魔"的名号。这位国王的大不幸，是他从未有过一座能容得下他的天赋的大剧场。为数不少的年轻尼禄在逼仄的规矩之间窒息而死，其名号、其愿望，都将永不为后人所知。天意并无先见之明，它赐予这位国王的才能，远远超出他的王国的容纳能力。

突然，有传言说国王要赦免所有谋反者。传言起于一则演出通告：方西乌勒将在其中出演他最重要、最拿手的角色；据说那些获罪的贵族也将观看演出；那些阅世浅薄的人还说，这是深受冒犯的国王胸怀宽广之明证。

一个人如果生性古怪又存心古怪，他就什么都干得出来，尤其是他想找点意外的乐子时，他甚至都可以尊德行、行仁厚。但那些能像我一样深入这颗古怪而病态的心灵的人就会明白，十之有九，这位国王是想评判一个死囚的舞台才华的价值。他想借此良机做一次头等重要的生理学实验，测定极端处境会在多大程度上改变或扼杀一个艺术家惯常的才能；在此之外，他的意图里是否多少有点不可动摇的仁厚之心？这一点，无从知晓。

重大的日子终于到来，这个小宫廷极尽所能，铺张扬厉。除非亲眼所见，否则很难想象，为了一场真正的盛典，一个资源有限的弹丸小国的特权阶级能展示出何等华彩。那是双面的盛典，首先是奢华之魔力，其次是神秘之意味。

在以象征手段再现生命奥义的幻梦剧里，压轴的是哑角或寡言角色。方西乌勒扮演这些角色尤其出众。他轻松上台，万般自如，贵族观众对温情和宽恕也就确信不疑。

说一个演员"可真是个好演员"，这意味着从人物身上仍然可见演员本人，也就是说，技巧、功夫、意志都显而易见。古代那些有生气、有活力、能走会看的雕像奇迹般地表现出既普世又模糊的美之理念；演员如果也能那样表达他的人物，那么他的表演定会独一无二、出人意料。那一晚，方西乌勒就是这完美的理想。他只会让人相信，这理想是活的、是可能的、是真实的。这位小丑走来走去，哭哭笑笑，周身抖动，头顶是不可摧毁的光环。可是除了我，没人能看见那光环，那是一种奇特的混杂，是艺术之光芒与殉难之荣耀的结合。不知受了何方神圣的恩宠，方西乌勒竟在最荒诞离奇的笑料里注入了神圣和超自然。在试着向您描述这镂骨铭心的一夜时，我眼含泪水，动情不已，手中的笔哟，颤抖不停。方西乌勒向我不容置辩地表明，较之其他迷醉，艺术的迷醉更适于掩盖深渊的可怖；天才可以在墓畔上演喜剧，满心的欢喜让他无视坟墓，就像方西乌勒这样，沉迷在一个不容坟墓与毁灭之一念一想的天堂。

观众尽管麻木又轻浮，但都立刻感受到了艺术家强大的支配力。没人再会想起死亡、丧恸、酷刑。人人都无忧无虑，沉浸在一件生动的艺术杰作带来的种种视觉享受中。欢笑和赞叹连连爆发，以持久不息的滚雷之力不断摇撼着剧场穹顶。国王自己也迷醉其中，和朝臣们一道鼓掌欢呼。

然而在明眼人看来，他的迷醉并不单纯。他觉察出他的暴君权力被挫败了吗？他觉察出他威吓人心、麻痹思想的权术被羞辱了吗？他觉察出自己机关算尽却希望成空、沦为笑柄了吗？这些猜想未被证实，但并非绝对不可证实；它们穿过我的脑海时，我正在凝视国王的脸色——那本来就苍白的脸面不断被新的苍白覆盖，有如新雪盖旧雪。他的嘴唇越收越紧，双眼放出内心嫉妒的光和积恨的火，即使在张扬地为老友的天才鼓掌时也是如此，这奇怪的小丑啊，他竟然能如此完美地戏谑死亡！一会儿过后，我看到陛下转过身凑向小侍卫，在他耳边说了几句。那漂亮小孩淘气的脸一亮，露出一丝微笑；接着他快步离开国王的包厢，像是去执行一项火急的任务。

片刻后，一声尖利的长哨打破方西乌勒最美好的时刻，也撕裂观众的耳膜和心肺。从这意外的非难响起的地方，一个孩子强忍着笑，匆匆跑进一条走廊。

方西乌勒一阵摇晃，大梦初醒，先是闭上眼睛，几乎在同时又睁开，睁得出奇地大；接着他张大嘴巴，呼吸急促，痉挛不止，踉踉跄跄前摇后晃，最后僵直倒下，死在台上。

这快如利剑的哨声当真会让刽子手灰心丧气吗？
国王料想到他的诡计有如此的杀人效力了吗？大
可怀疑！他可曾惋惜他心爱的、不可模仿的方西
乌勒？这样想倒也合理，让人愉悦。

那些有罪的贵族最后一次享受喜剧之乐。当天夜
里，他们被从人世抹除。

此后，在不同国家备受赞誉的多个哑剧剧团都曾
来 ××× 宫廷演出；但没人能再现方西乌勒那神
迹般的才能，也没人能再受同等的恩宠。

被处决的总督马里诺·法列罗

The Execution of the Doge Marino Faliero

［法］欧仁·德拉克洛瓦

假币

离开烟草店后，我朋友仔细地分拣了他的钱币：小金币装进马甲左口袋，小银币装进马甲右口袋，一大把十生丁的铜币装进左裤兜，还有一枚两法郎的银币，经过特别仔细的查验，装进了右裤兜。

"分得可真细，真特别！"我心里想。

一个穷人颤巍巍地朝我们把帽子伸过来——我不知道，还有什么能比他哀求的眼睛里那无声的表情会更让人不安；感觉灵敏的人，能从中读出无尽的下贱和满满的谴责，感受到狗挨鞭子时那汪汪泪眼里的深不见底的复杂感情。

我朋友施舍得远比我大方，我就对他说："你做得对。除过惊讶，就数意外让人最快乐。""假钱。"他平静地回答我，似乎要为他的大手大脚进行辩护。

我自寻烦恼的大脑突然生出这样的想法（老天赐我的这赠礼可真折磨人！）：就我朋友来说，他是想在这个可怜虫的生活中搞点事出来，或是想了解一下假币在乞丐手里到底能带来什么或好或坏的后果，否则他这行为就是不可原谅的。那枚假币难道不能生出更多的真币？反过来，难道它不会让他身陷囹圄？比如说，那假币可能会让一个无能的小投机商发几天横财；也有可能，某个酒馆老板，或某个面包师会去告发他，说他是假币制造者或假币流通者。于是我的幻想信马由缰，让我朋友的才智振翅高翔，再从所有可能的假想中猜测所有可能的结果。

可他突然用我刚才的话打断我的幻想："是啊，你说的对；给人超出期待的东西，让他惊奇，再没比这更甜蜜的乐趣了。"

我瞥了他一眼，惊愕地发现他眼中闪动着不可否认的天真。我于是明白了，他想在做慈善的同时也做笔好买卖：赚取两法郎，赢得上帝心；精打细算，巧登天堂；最后免费领取善人证书。我可能会原谅他对我刚才猜想的那些罪恶乐趣怀有欲望，我也可能会觉得他损害穷人以自娱的行为别出心裁，不同一般；但我永远无法原谅他那愚蠢而荒唐的算计。作恶，永远不可原谅；但知道自己在作恶，还是有几分可贵；最不可救药的罪恶，就是糊里糊涂作恶却不知其恶。

王冠的分发者

The Distributer of Crowns

[法] 奥迪隆·雷东

二十九

昨天，在林荫大道的人群中，我感到一个神秘的造物蹭了我一下，一个我一直渴望认识的人。虽然素未谋面，但我立即就认出了他。他大概对我也有类似的想法，走过时朝我意味深长地挤了挤眼，我就忙不迭地顺从了他。我心无旁骛地跟着他，很快下到一处光色夺目的地下居所，其奢华，巴黎那些高级住宅无一可及。想来也怪，我曾多次走过这里，却从未发现这个不可思议的巢穴的入口。里面的空气让人头晕目眩，却甜美怡人，甚至使人暂时尽忘浮生纷扰之恐惧；一种幽暗的福乐沁入心脾，人便有如登上某个中了魅术、被一个不朽的午后的幽光照亮的小岛，耳闻声声催人眠的溪涧流韵，啜啖忘忧果，油然生出永不再见故土和妻儿、永不再踏上风口浪尖的愿望。

那里的男女容貌奇异，美得摄人魂魄；我感觉似乎在某个年月、某个地方见过他们，却无法忆得真切；他们在我心中唤起的是兄弟间的声求气应，而非陌生人惯常引起的惶惶不安。如果要说说他们独特的眼神，我会说我从未见过有哪双眼睛，会如此有力地闪耀出对无聊的惧怕和对感受自身活力的无止境渴求。

入座时，东道主和我已经成了无间的老友。我们痛快地吃、尽情地喝。同样异乎寻常的是，畅饮各种美酒数小时，我却似乎并未醉得像他那样厉害。然而赌博，这非凡的乐趣哟，却多次中断了我们的豪饮。我得坦承我也参与了，三局两败，英勇无畏、轻松无虑地输了我的灵魂；灵魂摸不着看不见，时常一无用处，有时还让人狼狈不堪，输了它我波澜不惊，比在闲逛时搞丢一张名片还心平气和。

我们久久地抽着雪茄。那美味，那芬芳哦，真是无与伦比，让灵魂对未知之地和未知之乐驰情眷念。我在这人间极乐中心醉神迷，我进一步的亲昵似乎也并不会使他不悦，我竟举起满斟的酒杯："祝您福康无疆，老魔鬼！"

我们也闲聊世界，关于它的诞生，以及它未来的毁灭；闲聊当下的妙言要道，也就是进步论和完善论；总之，我们闲聊人类各种形式的自命不凡。在后一话题上，人中王者的戏谑之辞滔滔不绝，不容置辩。他娓娓道出自己的看法，其风趣，我在人类史上那些最有名的健谈者身上都不曾发现，语气平静、话音悦耳。他细说充塞人类大脑的种种学说之荒唐，甚至屈尊向我透露出几条基本定律，而对那定律的占有权和从中的受益，我不愿与任何人共享。关于他在世界各个角落享有的恶名，他没有半句怨言。他向我保证说，破除迷信，他自己身先士卒。他还向我承认，关于自己的权力，他只怕过一次——那天，一个比所有讲道者都精明的家伙站在台上大喊："兄弟姐妹们，当有人向你们吹嘘知识的进步时，千万记住，魔鬼最迷人心目的花招，就是说服你们相信他并不存在！"

对这个演说名流的回忆，自然把我们的谈话导向了各大学院；我这古怪的宴友肯定地告诉我，很多情况下，他并非不屑于启示各位名师大家去写、去说、去思考；事实上，尽管从未现身，但他几乎亲临了所有的学术大会。

受他这般好意的鼓舞，我向他打听起上帝来，问他近来可曾再见过祂。他说："遇到时我们仍会致意问候，但却像两个老乡绅，天生的彬彬有礼哦，并不能泯灭旧时的仇怨。"他的无忧中，暗带了几许的哀伤。

王者恐怕从未让一个凡人如此长时间地听他说话，我也担心过了头。终于，颤巍巍的晨曦照白了窗户，这个千万诗人唱诵、千万哲人不自觉地为其荣耀操劳的名角跟我说："希望我能给您留下美好的回忆，能向您证明虽然大家对我坏话说尽，但用你们最粗鄙的话说，我有时是个老好人。为了补偿您无可挽回地失去的灵魂，我要赠您赌金；如果命运曾眷顾过您，您本来是能赢得这赌金的。这赌金就是，在您的一生中减缓并战胜因无聊所滋生的怪病。无聊是你们所有病痛、所有可悲的进步之源。我将助您实现您所有的欲望：您将支配您粗野的同类；您将受尽恭维，受尽膜拜；金银财宝、琼楼玉宇，无须您操劳半点，就会有人给您统统送上；只要您有意，您就会有别样的祖国和江山；在四季炎热的迷人国度，您将迷醉于欢娱享乐却不会心生倦意，那里的女人如花、香气袭人——等等，等等。"他边说边起身，笑着送我出门。

如果不是有当众出丑的顾虑，我定会跪倒在这慷慨的赌徒脚下，拜谢他这闻所未闻的豪爽。但离开后，渐渐地，我心中却生出无药可救的猜疑。

我不再敢相信如此奇妙的幸福。上床躺下时，残存的愚蠢习惯又驱使我开始祷告；我在半睡半醒中念叨着："我的上帝！主啊，我的上帝！祈请您，让魔鬼信守对我的诺言吧！"

魔鬼的话语

Words of the Devil

［法］保罗·高更

三十

绳子

献给爱德华·马奈[1]

"幻觉，"朋友对我说，"或许就跟人与人、人与物的关系一样，是数不胜数的。幻觉消失，也就是说当我们见出事与物在我们之外的本相时，便体会到某种怪异的复杂感觉，这半是因那幽灵消失而惋惜，半是因新鲜和真实而惊奇。如果有什么是明显的、平淡的、始终如一的，且无人不解其本质，那就是母爱。没有母爱的母亲，就像没有热量的火一样让人难以想象；将一位母亲对孩子的所有言行都归于母爱，这难道不是再合理不过的事情

---

1 爱德华·马奈（Édouard Manet，1832—1883），法国画家，十九世纪印象主义绘画奠基人之一。

吗？不过，您还是听听这个小故事吧，我被其中最天然的幻觉给搞糊涂了。

"我以作画为业，这促使我细心观看路上遇到的每个人的容貌和神态。有此能力，与其他人相比，生活在我们眼里便更鲜活、更有意味，您可知我们从这当中能享受到何等快乐！我住的街区很偏僻，楼房之间尚有大片草地。我时常在那里观察一个小孩——他脸上充满烈火般的活力，一股的调皮劲儿，比其他小孩更吸引我。他多次给我当模特，我把他时而变成小波西米亚人，时而变成小天使，时而变成小爱神丘比特。我让他拉流浪艺人的提琴，让他戴耶稣受难时的荆棘冠和铁钉，还让他高举爱神厄洛斯的爱欲火炬。这小鬼的怪模怪样让我乐不可支，终于有一天，我恳请他的父母，那两个穷苦人，恳请他们把他让给我。我向他们承诺给他好衣服穿、给他零钱花，而他除了给我洗洗画笔、跑跑腿，不会再受任何其他的累。一番梳洗过后，这小家伙光彩迷人。比起在他父母小破屋里的日子，他在我家简直就是喜登天堂。我唯一要说的是，这孩子会时常陷入早熟的忧愁，让我惊讶不已；而且，他很快就表现出对糖和烈酒的过度嗜好。我曾屡次警告，但有一天我发现他又偷了这些东西。确定无疑后，我吓唬他，说要把他送回去。说完我就出了门。由于事情太多，我在外面耽搁了很久。

"回到家时我多害怕、多震惊！给我当头一击的是我的小家伙，我那调皮的小伙伴——他在衣橱面板上吊死了！他的脚擦着地板；一把椅子翻倒在脚旁，应该是他踢翻的；他的头抽搐着斜歪在肩膀上，面目肿胀，双眼圆瞪一动不动，骇人至极，让我一开始误以为他还活着。给他落吊并没有想象的那么容易。他已经完全僵硬，我有种说不出的恶心，怕会把他突然摔在地上；必须一只胳膊把他整个扶着，再伸出另一只胳膊，去剪绳子；这还没完，小怪物用的绳子非常细，深深地勒进了肉里，要从他脖子里拿出来，就得先拿把小剪刀，在肿胀外翻的肉缝里翻找。

"我忘了说，我也大声呼喊求助过，但没有一个邻居肯过来帮我；他们都恪守文明人的惯例，绝不染手吊死鬼的事，我也不知道这是为什么。最后来了一个医生，说孩子死了已经好几个小时了。给他脱衣服裹身的时候，尸体那般僵硬，四肢根本无法弯曲，我们不得不把衣服撕开、剪碎。

"我当然得报警。警察斜着看我一眼：'很蹊跷的嘛！'清白也好有罪也好，先吓唬吓唬再说，这应该是他的职业习惯。

"最大的事还没做，一想我就惶恐不安：得告知他父母。可我的双腿根本就不听使唤。终于我鼓足了勇气。但让我大吃一惊的是，母亲面无表情，眼角不渗出半滴泪。我将这反常归因于她太过恐惧，因为我想起了那句古训：至痛无声。至于父亲，他有点发呆，有点魂不守舍，只是说了句：'不过，这样可能也倒好，他终究是不会好死的！'

"母亲走进画室时，我正在一个女佣的帮助下准备最后几件后事，尸体就停放在沙发上。她说她想看看儿子的尸体。其实我不能妨碍她在她的灾祸中沉醉，也不能拒绝给她这最终的、凄惨的慰藉。接着她让我给她指指她孩子吊死的地方。'啊不！

夫人，'我说，'您会受不了的。'当我的眼睛不由自主地转向那阴森可怖的衣橱时，一阵混杂着恐惧和愤怒的恶心向我袭来，钉子还在壁板上，上面还耷拉着长长的一截绳子。我迅速冲过去扯掉灾祸残留下的这遗迹。正当我要将之扔出窗外时，可怜的女人一把拽住我的胳膊，用不容抗拒的语气说：'啊！先生，把这些留给我吧！求求你！我求求你了！'我觉得绝望可能已经令她发了疯，令她对儿子寻死的工具充满温情，要把它像可怕又可亲的圣物一样保存——她夺走了细绳和铁钉。

"终于！终于一切都结束了。接下来只是重新投入工作，比以往更卖命，以求将那盘踞在我大脑最隐秘的褶皱里的小尸体驱逐出去。我身心交瘁，那阴魂啊，一直瞪大眼睛盯着我。可是第二天，我收到一大包来信：有我这栋房子的住户写的，也有临近房子的住户写的；二楼的、三楼的、四楼的……层层都有。有人半开玩笑，似乎要用表面的打趣掩饰求人时的恳切；其他人也全然不顾廉耻而且字迹潦草，但都奔向一个目的：向我求一截要了人命、但能招福的绳子。我必须说，从落款看，其中女人多于男人；但所有人，相信我，他们皆非草木愚夫之辈。我把这些信保存了起来。

"于是，突然一道亮光从我脑海闪过，我明白了母亲为什么要那么坚决地夺走绳子，明白了她到底盘算着用何种交易求得安慰。"

少年与狗

A Boy with a Dog

[法] 爱德华·马奈

志趣

秋日的余晖似乎有些恋恋不舍，迟迟不肯退去。天空已经泛绿，金色的云霞飘飘浮浮，如同游走的大陆。在一座美丽的花园里，四个漂亮的孩子——四个男孩——可能玩腻了，在闲聊。

其中一个说："昨天我被带去看戏了。宫殿很大，也很暗，宫殿最里面能看到大海和天空，几个男的和几个女的很严肃、很伤心，但我们见过的所有人都没他们帅、没他们穿得好看，他们说话就像唱歌一样。他们互相吓唬对方，他们求这个人又求那个人，他们好难过，还有啊，他们的腰带上还别着匕首，他们经常就把手这样按在匕首上。哇！那样子可真帅！那些女人比经常来我家做客的女人都要高大、都要漂亮得多，而且，虽然她们很深的大眼睛和火红的脸蛋看着让人害怕，但你不由得就会喜欢她们。你害怕，你想哭，但是你会很开心……还有，更奇怪的是，看着他们，你就想穿他们穿的衣服，说他们说的话，做他们做的事，你还想学他们说话的那种腔调……"

有那么一会儿工夫，一个孩子没再听他的伙伴讲，却注视着天上的什么东西，专注得让人吃惊。突然他说："看，快看那边！你们看见祂了吗？祂就坐在那朵云上，和其他云分开的那朵，颜色像火一样，它在慢慢向前飘。祂也一样，祂好像也在看我们呢。"

"到底谁嘛?"其他人问。

"上帝啊!"他信念坚定地说,"啊!祂已经很远了,你们马上就看不见祂了。祂可能在旅行,要看看所有的地方。快瞧,祂马上就要转到那排树后面去了,就在地平线那里……祂现在转到钟楼后面去了……啊!看不见了!"那孩子侧着身,久久地凝视分离天地的那条线,眼睛里闪耀着难以言表的迷醉和惋惜。

"可真够蠢的这家伙,唠叨什么上帝,就他自己看得见!"第三个小孩接上了话,这小人儿充满异乎寻常的生气和活力。"我呢,我给你们讲一件你们从没经历过的事,一件比你的剧院和你的云都有意思的事——几天前,我爸妈带我去旅行,我们住的小旅馆床位不够,他们就让我和保姆睡一起。"他把伙伴们拉到身边，压低声音，"喏，听我说，不是一个人睡，是和保姆一起睡，黑乎乎的，那滋味可真特别。她熟睡的时候我睡不着，我就把手伸到她胳膊上、她脖子和她肩膀上摸着玩。她的胳膊和脖子比其他女人的都胖，那里的皮肤好软哦，软得就像信纸或者丝绸。我玩得可开心啦，可是我又怕了，怕把她弄醒，还怕我也不知道是什么东西，不然的话，我会那样一直玩很久很久的。我又把头埋进她的头发里，她的头发垂在后背，厚得就像马鬃——好香啊，我向你们保证，香得就像花园里的花一样。你们有机会也试试吧，就像我那样，然后你们就啥都明白了！"

讲述这段奇妙的启示时，小披露者沉浸在他的体悟中，双眼圆睁，神情呆愣。落日余晖滑过他那乱蓬蓬的棕色发卷，燃起情欲的光环，就像撒旦的磷火。不难猜想，这个小家伙不会浪费生命去云彩里寻找他的神灵，他的神灵必然栖居在他处。

最后，第四个小孩说："你们也知道，我很少在家里玩，也没人带我去看戏；我的监护人呢，又是个抠鬼；上帝不搭理我，也不操心我无聊不无聊；再说，我也没有漂亮的保姆来疼。我经常觉得，我的快乐呢，就是一直朝前走，也不知道去哪儿，也没人操心我，反正就是朝前走，去看看还没见过的地方。我永远不会待在任何地方，我一直相信，哪儿都比我落脚的地方好。哈哈！在邻村上次的集市上，我见到了三个人，他们的生活就跟我想的一样。你们哪，你们几个压根儿就没注意。他们很高很黑，穿得很破，可是很自豪，一脸谁都不用靠的神气。演奏音乐时，他们那又黑又大的眼睛就会闪闪发亮。那音乐可真是奇怪，让人一会儿想跳舞，一会儿又想哭，或者边跳边哭，听的时间长了你都可能会变成傻子。有一个人，琴弓一那么拉，就像是在说什么伤心事；另一个人脖子上挂着小钢琴，他的小锤子在琴键上蹦蹦跳跳，就像是在笑话他旁边那个人的哎哎哟哟；第三个人有时会敲他的铙钹，敲得那个叫猛啊！他们玩得真是开心，人都散了，还停不下他们的野人音乐。终于，他们收起钱，背起行李走了。我呢，我想知道他们住哪儿，就远远地跟着他们，一直跟到树林边，那时我才明白，他们在哪里都不会住下。

"一个人说：'要撑帐篷吗?'

"另一个说：'千万别！老兄，今晚的夜色可真美!'

"第三个人数着收入，说：'这里的人对音乐没感觉，他们的妻女跳起舞来就跟大猩猩一样。幸好，不出一个月我们就能到奥地利，那里的人哟，更可爱。'

"'或许咱们朝西班牙走会好点，要变天了，雨季来之前赶紧溜吧，咱们润润喉就得了。'另外两个人中的一个这样说。

"你们瞧，我都记住了。然后他们每人喝了杯烧酒，脸朝着星星睡了。起先我想求他们把我带走，求他们教我他们的乐器；但是我没敢，可能下定决心都很难吧，还有就是，恐怕还没出法国呢，我就已经被逮回来了。"

他的三个小伙伴一脸漠然。我就在想，这小家伙已经瑶琴弦断无人听了。我仔细地看着他，看见他眼中和额头里，潜藏着某种已经早熟、某种我也不知为何物的命定之物。这东西通常会让他与世人的好感无缘，然而我也不知为何，它却激发出了我的好感，以至于倏忽之间让我生出一个古怪的念头——我可能有一个尚不识面的弟弟。

太阳落下。夜晚庄严就位。孩子们分手散去，都在浑然不觉中顺势随运，去完成天命，去惹恼家人，或走向荣耀，或走向耻辱。

持剑的少年

Boy with a Sword

[法] 爱德华·马奈

三十二

酒神杖

献给弗朗兹·李斯特[1]

什么是酒神杖？从精神及诗歌层面讲，那是侍奉神明、传达神意的男女祭司手中的圣职标识。但从物质层面讲，那只是一根木棒，一根纯粹的木棒而已，是蛇麻草撑杆，是葡萄藤支柱，又干又硬又直。藤茎和花朵绕着木棒随意回旋盘绕，玩乐嬉闹，有的委蛇潜隐，有的弯垂如铃、如酒杯倒倾。繁复交错的线条和或鲜明或柔和的色彩中，迸发出令人惊叹的光辉。弧线和螺旋线难道不像是在向直线逢迎献媚，舞出一曲无声的赞美？所有花冠、所有花萼，这色与香的迸

1　弗朗兹·李斯特（Liszt Ferencz，1811—1886），匈牙利作曲家、钢琴家。

射喷发，难道不像是在围着圣杖跳起神秘的凡丹戈舞[1]？然而，试问哪个轻率的凡人胆敢断定，花朵和葡萄蔓是为木杖而舞，或者说木杖只为陪衬花朵和葡萄蔓的美姿？强大的大师哟，众人膜拜，亲爱的酒神祭司哟，美得神秘又炽烈，酒神杖彰显您惊人的双面。水泽仙子被无敌的酒神激怒，她在发疯的同伴们头顶挥舞神杖，却也从未像您在兄弟们心中激荡您的天赋那般强劲有力、变幻莫测——木杖是您的意志，刚直、坚定、摇撼不动；花朵，是围着您的意志漫步的幻想，是绕着阳刚之气奇妙回旋的阴柔之气。直线与曲线、意图与表达、意志之坚毅、言辞之迂回、目的之一致、手段之多样、天赋之浑然一体的强大融合，试问哪个可憎的解析者会鲁莽地将您切割、将您分离？

1　一种西班牙民间舞蹈。

亲爱的李斯特，穿过雾霭，跨过湖海，越过钢琴唱诵您的光辉、印刷厂传送您的智慧之城，无论您身处永恒之城[1]的灿烂光辉中，还是康布里努斯[2]抚慰下的梦幻之国[3]的缭绕岚雾里，无论您是在随兴吟唱快乐或者无以言传的痛苦，还是在笔端诉说玄奥的沉思，永恒的快乐、不灭的痛苦之唱颂者、哲人、诗人、艺人哦，我向您致以永恒的敬意！

1　永恒之城是罗马的美称，李斯特于 1861 年迁居罗马。
2　康布里努斯，比利时传说中的王者，生活在查理大帝时代，据说曾发明啤酒酿造法，啤酒酿造业为此尊他为祖师爷。
3　梦幻之国，此处指德国。德国人好喝啤酒，又好听李斯特的作品。

神秘之花

The Mystic Flower

［法］古斯塔夫·莫罗

三十三

沉醉吧！

要永远迷醉！一切尽归于此：这是唯一的问题。时间压断你的脊柱，使你弓腰匍匐，要想卸此重负，你就要沉醉，永无间断！

然而沉醉于何物？沉醉于美酒，沉醉于诗歌或贤德，任随你愿。但无论如何，沉醉吧！

有时，当你在宫殿的玉阶上、在沟畔的碧草间、在你卧房昏暗的孤独中醒来，醉意渐消渐去时，那就问问流风、波涛、星辰、飞鸟、时钟，问问所有飞逝者、所有低语者、所有翻转者、所有吟唱者、所有言语者，问问此时是何时；那流风、那波涛、那星辰、那飞鸟、那时钟，都会应你："沉醉之时！切莫沦为时间的殉葬奴隶，沉醉，永无间断地沉醉吧！沉醉于美酒，沉醉于诗歌或贤德，任随你愿。"

乡间派对

Party in the Country

[法]图卢兹-劳特累克

三十四

已经！

百次千次，太阳从大海那不见边沿的巨盆中涌出，或喜气洋洋，或凄切悲凉；千回百回，它又重新潜入它巨大的黑夜浴池，或光芒四射，或阴沉黯淡。数日以来，我们能够静观天穹之彼端、辨读极处之天象。乘客却无不唉声叹气，满腹牢骚。他们的痛苦，似乎随着陆地的临近而加剧。他们的嘴里颠来倒去："到底什么时候，我们熟睡时才不会被这头顶呜呜的风搅扰、不会被波涛摇醒？什么时候，我们吃的肉才能不像这海水一样咸？什么时候，我们才能稳稳地躺在安乐椅里消化消化？"

有人想家，惦念他们阴郁而不忠的妻子、又吵又闹的孩子。所有人都因看不到陆地的踪影而发狂，我不禁想，吃起草来他们可能比牲口还要带劲。

终于，有边岸在显露。船只近了，只见那土地光彩耀眼，美不胜收；生命之音似乎在隐隐升起，汇成一阵若近若远的呢喃；花果的清香甜美怡人，绵绵数里，自那深绿浅翠的坡地悠悠飘来。

顷刻间，人人都雀跃欢呼起来，人人都抛掉了郁郁之情。所有的争吵都被遗忘，彼此的过错都被原谅；约定的决斗也一笔勾销，切齿的仇恨也如烟飘散。

只有我独自悲戚，悲戚得不可思议。与大海分离，我心中苦涩，痛如刀割，有如被夺去神性的祭司。

这大海骇人地单一，却生出无穷的变幻，魔鬼般地诱人。它似乎容纳着过去、现在和将来三世众生的喜怒和哀乐、垂死和迷醉，显现出来，就是它的微笑、它的嬉戏、它的愤怒、它的气势。

和这无与伦比的美告别时，我沮丧不堪，有如死人。正是如此，我的同伴大呼："终于！"我却喊出一句："已经！"

然而那土地就在眼前，还有它的声、它的情、它的富裕、它的喜庆；这片土地富饶壮丽，充满希望，玫瑰和琥珀的神秘芬芳迎面扑鼻，生命之音从大地升起，在我们耳边汇成一阵爱意融融的呢喃。

迪耶普的海景

Sea Viewed from the Heights of Dieppe

［法］欧仁·德拉克洛瓦

窗户

透过敞开的窗户朝里看，永远不会比盯着紧闭的窗户能看到更多的东西。没有什么会比一扇被烛光照亮的窗户更深邃、更神秘、更丰富、更幽暗、更耀眼。光天化日下的所见，总不如一方窗玻璃后的故事有趣。在这或明或暗的洞穴里，生活着鲜活的生命，这生命充满幻想，这生命受尽煎熬。

越过屋顶的波涛，我看见一位上了年纪的穷妇人，已经满面皱纹，总在俯身做什么，也从不出门。根据她的容貌、她的穿着、她的举止，甚至几乎毫无根据，我就编造出了这位妇人的身世，或者说，她的传奇。有时我会一边流泪，一边把她的故事讲给自己听。

如果那是 ·位可怜的老头，我也会同样自如地编出他的故事。

然后就上床躺下，为经历过他人的生活、受过他人的苦而心生自豪。

您或许会问我："你确定这个故事是真的？"只要它能帮我活下去，能帮我感受到我的存在、感受到我自己到底是什么，那么我身外的现实到底如何，又有什么要紧？

彩绘玻璃窗（神秘花园）

Stained Glass Window（*The Mysterious Garden*）

[法]奥迪隆·雷东

三十六

绘画的欲望

或许人类的确不幸，但被欲望分裂的艺术家，是幸福的！

我渴望画下她的模样；她难得显身，恍惚间，却已经杳然无迹，有若夜半时分，兴致勃勃的游人留在身后的某种美景，令人惋惜。她了无踪影，已经许久了！

她美，却甚于美；她生得惊艳。她周身黑色浓重，引人所想，无不深邃如夜。她的双眼就是兽穴，神秘之微光明灭其中；她的目光闪亮如电——那是黑暗中的火光迸射。

如果世人真能设想出倾泻着光明和

幸福的黑色天体，那么，我想把她比作黑色的太阳。然而，恐怕她已经有了月亮那令人毛骨悚然的印记：她让人更容易想起月亮；但不是田园牧歌中那貌似新娘的朗朗白月，而是垂挂在乱云卷城、风魆雨骤之夜的月亮，阴森而令人迷醉；也不是造访纯洁睡眠者的月亮，安详又持重，而是被从上天拽下、已被击败却仍在反抗的月亮，是受到忒萨利亚[1]女巫们的蛮横逼迫，在惊恐不已的草地上跳舞的月亮。

她娇小的额头里，盘踞着坚定的意志和对猎物的酷爱。她满脸忧虑，一翕一张的鼻翼向往着未知和不可能，可从她嘴中响起的笑声却有着无以言

1　希腊北部的古代地名，传说该地区的女巫能念咒引起月蚀。

表的雅致。她嘴巴宽大、唇红齿皓、秀色可餐，使人不禁想起绝艳的鲜花在火山地带盛放的奇观。

有些女人，让人生出征服她们、玩弄她们的欲望；然而她，却让人生出在她的目光里慢慢死去的愿望。

丽诺尔

Lenore

[法]奥迪隆·雷东

三十七

月亮的恩惠

月亮就是任性的化身。你在摇篮里熟睡，她在窗外看着你，自言自语："这孩子我喜欢。"

说完，她软软地走下云梯，悄悄地越窗而入。接着，她满怀慈母的温存在你身上躺下，又把她的色彩在你脸上涂抹。于是，你的眼珠盈盈泛绿，你的脸颊出奇地苍白。你凝视这访客时两眼圆睁，睁得那么怪异；而她掐住了你的喉咙，掐得那么温柔，以致你后来总是有想哭的冲动。

然而，月亮兴致高涨，把卧房注满月光，像磷火幢幢的水雾，像亮光莹莹的毒液；这片灵动的光在想、在说："我的吻将影响你永生永世。你会像我一样生得靓丽。你会爱上我爱的和爱我的：流水、浮云、寂静和深夜；碧波无边的海；形态单一又千姿百态的水；你永远无法抵达的远方；你永远一无所知的情人；魔鬼般邪性的花；使人癫狂的芬芳；在钢琴上神魂颠倒、像女人一样沙哑而甜美地嘤嘤呻吟的猫！

"我的爱人会爱恋你，我的献媚者会向你献媚。你将是那些绿眼睛男人的女王，我在夜间抚摸他们时也曾掐住他们的喉咙。他们倾心的是大海，是无边、汹涌而碧蓝的大海，是形态单一又千姿百态的水；他们神往的是无法抵达的远方，是他们一无所知的女子；他们情迷的是乱人心智的芬芳，是招灾引祸的毒花，就像那无人知其所以的教堂里的香炉；他们魂牵梦绕的，是自己的疯癫之化身，是生性狂野、耽于肉欲的鸳鸟猛兽。"

被诅咒的孩子哟，受宠的宝贝，正是为此，我此时才伏在你的脚边，在你全身上下寻找这令人生畏的神灵、这决定命运的教母、这给所有月狂病患者投毒的奶妈的影子。

夜晚

The Evening

[法] 古斯塔夫·莫罗

三十八

谁真谁假？

我认识一个叫贝内蒂克塔[1]的姑娘，她使世界充满理想，她的眼中流露着渴望，渴望伟大、渴望美、渴望荣耀、渴望一切使人相信不朽的事物。

可这奇女子生得太美，无法活得长久。认识才不过数天，果然，她就玉殒香消。是我亲手葬她入的土。那天，阳春摆弄香炉，进了公墓。我仔细地敛她入棺。棺木经世不腐，芬芳飘溢，有如印度宝盒。是我葬她入的土。

1　该名原文为 Bénédicta，源出拉丁语，寓意"神灵赐福的人"。

我正盯着埋入我珍宝的地方，却突然看到一个与逝者格外相像的小人儿。她一边发疯似的狠劲踩那新土，一边大笑："我，我才是真正的贝内蒂克塔！我才是，我是个出名的无赖！你痴狂，你瞎了眼，你要受到惩罚的，你会爱上我本来的样子！"

而我，我怒不可遏："不！不！不！"我要明明白白地拒绝，我拼命踩脚，踩得整条腿都埋进了新坟，我身陷理想的坟墓，像一匹掉进陷阱的狼，或许永远也不得脱身。

两人像

Two Figures

[法] 欧仁·德拉克洛瓦

一匹纯种马

她很丑。但她惹人喜爱。

时间和爱情在她身上留下道道爪痕，残酷地告诉她，一瞬、一吻究竟会夺去青春、夺去容颜。

她的确很丑。她就是只蚂蚁、就是只蜘蛛，甚至说她是具骷髅也不为过；但她也是琼浆玉液、灵丹妙药、魔法仙术！总之，她别有韵味。

时间没能打破她的走姿那惹人心动的谐调，也没能损害她的体态那不可毁灭的优雅。爱情没有败坏她气息中的纯净和甜美；时间也没有把她浓密的鬓发取走半根，她的浓发哟，散发着野兽的芬芳，那是法兰西南部整个的狂野生气：尼姆、艾克斯、阿尔勒、阿维尼翁、纳博讷、图卢兹——这是阳光赐福的城市，爱意浓浓，魅力十足！

时间和爱情对她肆意噬咬，却是枉然，它们的利齿丝毫没有减损她那男孩子的胸脯的魅力，隐微，却永存。

她可能历尽风蚀雨淋，却总是英姿飒爽，丝毫没有倦意，让人不禁想起高贵的纯种马，无论驾着豪华的出租车，还是拉着沉重的货运车，它都会被伯乐一眼认出。

而且，她温柔如水，又炽烈似火！她的爱，是秋天里的爱；冬天临近，在她心中又燃起了新的烈火；她的柔情里满是顺从，却从不会带来半点负累。

飞马上的缪斯女神

Muse on Pegasus

[法] 奥迪隆·雷东

四十

镜子

一个奇丑的男人走进来照镜子。

"既然镜子里的您只能让您不愉快，那您为什么还要照呢？"

丑男回答我说："先生，根据八九年的不朽法则[1]，人人拥有同等权利，所以我有照镜子的权利；愉快不愉快，那只是我的觉悟问题。"

从情理上讲，或许我有理；但从法律上看，他也没错。

---

1 指 1789 年 8 月 26 日颁布的《人权宣言》，即《人权和公民权宣言》（*Déclaration des Droits de l'Homme et du Citoyen*），是法国大革命的纲领性文件。

镜前自画像

Self-Portrait in front of a Mirror

[法] 图卢兹-劳特累克

四十一

港口

对倦于生活之争的灵魂来说，港口是一个富有魅力的居处。天空的辽阔、云霞形态的变动不居、大海色彩的变幻无穷、灯塔的闪闪烁烁，此般景致，有如棱镜，最能让人尽饱眼福，品之不厌。游船帆缆复杂，船身高挑，在涌浪中匀称地摇荡，培育着灵魂对美和节奏的品鉴。而且，一个人如果心中不再有好奇，也不再有猛志，躺在观景亭或是靠在防波堤，静观那些启程的和归航的、那些尚有希求的力量、尚有旅行或致富的渴望的人，他也会体验到某种快乐，高贵而神秘。

波尔多港

The Port of Bordeaux

[法] 爱德华·马奈

四十二

情妇肖像

男士聊天室里，换句话说，一家豪华赌场边上的吸烟室里，四个男士在抽烟喝酒。具体说来，他们不算老也不算年轻，不算丑也不算帅气；但无论年老年轻，各个都一身风月老手的气质，那种难以言喻的东西，那冷漠又不失揶揄之意的忧郁分明在说："我们阅尽人世，我们找寻可爱又可敬者。"

当中一人将话头引向了女人。没有这个话题，他们的谈话会更有学问；但有些才俊雅士，三杯两盏一过，便不再鄙夷讪牙闲嗑之举。大家洗耳恭听，就像是要听一支舞曲一样。

这人说："所有男人都有过情窦初开的纯情年代：那时没有护林女仙，就是怀里抱棵老树，也不会觉得恶心。这是爱的第一阶段。第二阶段，大家就开始选择了。能够思前想后，这已经是种没落。就是这个时候，大家果断追求美女。而我，各位，我有幸很早就进入了第三阶段的关口时期，没有傅粉施朱、穿金戴银的美女已经无法满足我了。我坦承，有时我会像渴望某种未知的幸福一样渴望第四阶段，也就是绝对的安宁。但除了情窦初开的年代，女人那让人恼火的愚蠢、那让人发疯的庸俗，我这辈子比谁都敏感。动物让我最喜欢的，是它们的天真。各位掂量掂量吧，我上个情人让我有多遭罪。

"她是一个亲王的私生女。不用说，人长得真是漂亮，不然我为什么要选她？但一种伤风败俗的畸形野心糟践了这优点——这女人天天就想着做男人。'您不是男人！哎呀！如果我是男人那该多好！我俩当中，我才是男人！'我只想听她的嘴唱唱小曲，而它倒出的却尽是这些让人无法忍受的滥调。一本书、一首诗、一部歌剧刚让我露出赞赏之情，她立马就说：'您觉得这东西很有力？您真的懂力量吗？'然后就大发议论。

"有一天她竟搞起了化学，从此我和她的嘴之间哪，就隔起了一个玻璃口罩。这样一来，可真是一本正经。我对她但凡有那么一点儿过分亲热，她就会像受到玷污的含羞草一样抖个不停。"

"结果呢？我不知道您还这么有耐心。"一个人问。

"上帝对症下了药。"他接着说，"有天我发现这个

对完美力量如饥似渴的雅典娜在和我的仆人私会，
当时的情形我只能悄悄躲开，免得让他们脸红。
当晚我就结了他们工钱，打发他们走人了。"

"而我，"那个插嘴的接着说，"怨也只能怨我自
己。我曾经身在福中，却有眼无珠。前不久，老
天赐我一个女人让我享受，她是世间最温柔、最
听话、最忠心的尤物，总是有求必应！但却毫无
激情！'我非常愿意，既然这样你很舒服。'喏，
这就是她一贯的反应。就是给墙或沙发一顿闷棍，
你们听到的叹息，也比最狂乱的爱欲在她心中激
起的叹息要响。一起生活一年后，她向我坦白，
说她从未快乐过。我对这实力悬殊的战斗心生厌
恶，那天下无二的姑娘也嫁了人。后来我心血来
潮又去见了她，她指着六个漂亮的孩子跟我说：
'听说我，朋友，今天的妻子，跟您昔日的情人一

样贞洁！'她真是一点都没变。有时我会怀念她，我啊，真该娶了她。"

其他人人笑起来，第三个人于是接上话茬：

"各位，我享受过的快乐，你们也许会不以为然。我想说说爱情中的滑稽，那种滑稽，未必不会让人心生欣赏之情。我对我上个情妇的欣赏，我想，远甚于你们的爱或者恨。人人都像我一样那么欣赏她。我们走进餐馆，片刻过后，每个人都只顾着看她，忘了吃饭。服务生和柜台老板娘也会被这迷醉感染，忘了手头的活。一句话，我和活生生的奇迹过了一段耳鬓厮磨的小日子。她大吃大喝、狼吞虎咽，却一脸的轻描淡写、无牵无挂。在很长一段时间里，她这样搞得我心醉神迷。她会用柔软似梦、罗曼蒂克的英格兰式口气说：'我饿！'她露出世上最漂亮的牙齿，日日夜夜说着这些话，让你柔肠百转、快活似仙——把她当作贪吃鬼在集市展出的话，我准能发上一笔大财。我把她养得很好，可她还是离开了我……"

"跟食品供货商？"

"差不多吧，后勤部职员之类的一个家伙，那人定是通过只有他自己知道的勾当，把好几个士兵的口粮偷给了这个可怜的姑娘。至少我猜是这样。"

"你们这些幸运的人哪，真是没道理！"第四个人说，"竟然抱怨你们的情妇不完美。大家都责怪女人自私，而我，却因相反的原因痛不欲生。"

那人讲得一本正经，柔和而沉稳，简直是一副教士的做派，不幸的是那双浅灰色的眼睛却放出光来，分明在说："我要!"或者："就得这样!"又或者："决不原谅!"

"G 先生，我知道您好动肝火，你俩，K 先生、J 先生，你们又轻浮又懦弱。你们要是和我认识的女人为伴，你们必然要么逃，要么死。而我，你们看，我活下来了。你们能想象出一个把感情拿捏得分毫不差的人吗？你们能想象出那种平静得让人难受的性格、那种不带半点儿演戏不带半点儿浮夸的忠诚、那种无懈可击的温柔、那种恰到好处的活力吗？我的爱情经历，就像一次不见尽头的旅行，海面如镜，平滑而干净，单调得让人眩晕，带着我良心的嘲讽，精准地照出我所有的姿态和所有的感情。这样一来，我的感情、我的举止如果偏离规矩哪怕分毫，便会招来那死缠着我不放的幽灵的无声责备。爱情，成了我的监管者。有多少傻事我后悔没做，可是有她拦着我根本没法去做！多少债啊，我还得真是违心！她剥夺了我能从个人的疯狂中获得的所有好处。她用冰冷而无法逾越的戒尺，打断我所有的任性。曾经多少次啊，我忍不住扑上去掐住她的喉咙朝她大叫：'有点缺陷吧，该死的可怜虫！不要让我爱你爱得这么愤怒、这么不自在！'最恐怖的是，危险一过，她也不要你的感激。多年来我对她赞赏有加，可内心，却满是仇恨。最终，为此而死的，却并不是我！"

"啊！这么说，她死了？"其他人齐声说道。

"是！不能再那样下去了。爱情成了一个我无法承受的噩梦。就像那些政客说的，要么赢，要么死！

这就是老天丢给我的选项！一天傍晚，在一片小树林里……在水塘边……我们慢慢地走着，愁肠百结，后来，她啊，她的双眼映着天空的柔和，而我，我的心在抽搐，像地狱的火焰……"

"什么!"

"怎么!"

"您到底想说什么?"

"那是无法避免的。我心里装着太多的公道，我无法殴打、凌辱或撵走一个无可指责的奴才。但我必须让这公道和这女人带给我的恐惧协调起来，我得甩脱她，但必须不失敬重。既然她完美无缺，你们还想让我拿她怎么办?"

三个同伴看了他一眼，眼神飘忽，又略微呆滞。他们似乎假装不懂，又似乎暗中承认，尽管不无道理，但他们还是感觉自己无法做出这般严酷的事情。

接着他们又叫了几瓶酒，消灭生得顽强的时间，加速流得缓慢的生命。

在奥尔南晚餐之后

After Dinner at Ornans

[法] 古斯塔夫·库尔贝

彬彬有礼的射手

马车穿过小树林时，他让人把车停在了一个射击场旁边，说是来几枪消灭时间会让人心情舒畅。消灭这个怪物，不正是每个人最日常、最合理的消遣吗？——他把手伸给秀色可餐又面目可憎的宝贝妻子，彬彬有礼。他诸多的快乐、诸多的痛苦，也许还有他大部分的本领，都是拜这个女人所赐。

一连几枪都脱了靶，一发子弹还打进了天花板。那迷人的尤物疯笑不止，奚落丈夫的笨手笨脚。他突然转过身对她说："仔细看那个布娃娃，那边，在右边，鼻孔朝天，满脸心高气傲的那个。好吧，亲爱的

小天使，我想象那就是您!"他闭上眼睛，扣下扳
机。布娃娃的头，应声而飞。

于是他朝秀色可餐又面目可憎的宝贝妻子，冷酷
无情又避之不及的缪斯躬身施礼，一边恭敬地亲
吻她的手，一边接着说:"哎呀! 亲爱的小天使，
幸亏有您，我的枪法才能如此娴熟啊!"

狩猎大师

Master of the Hunt

[法] 图卢兹-劳特累克

221

四十四

汤和云

我那疯癫癫的小爱人在给我准备晚餐，而我，透过敞开的餐厅窗户，凝视着上帝用云雾造出的流变不居的屋宇，那不可触摸之物的奇妙造型。我一边观望一边自语："——这奇光幻影，美得就像我爱人的眼睛，那疯癫癫的碧眼小妖精哟。"

突然，我后背吃了狠狠的一拳，耳边响起沙哑而迷人的声音，那歇斯底里、被烧酒浇得嘶哑的声音——我心爱的小宝贝的声音："——可恶的云贩子，到底啥时候喝汤？"

和平降临地球（草图）

Sketch for Peace Descends to Earth

［法］欧仁·德拉克洛瓦

四十五

射击场和公墓

——观墓咖啡馆——"好特别的招牌，"我们的散步者说，"让人一看就想喝一杯！毫无疑问，这老板读懂了贺拉斯和伊壁鸠鲁派诗人；他甚至还领悟了古埃及人的高深雅趣：不摆出枯骨，或者其他什么寓意人生苦短的东西，他们就摆不成宴。"

他走进咖啡馆，面朝公墓喝下一杯啤酒，又慢悠悠地抽了根雪茄。接着他突发奇想，走进了公墓。坟茔间的野草真是高、真是诱人，阳光真是充沛。

的确，这里阳光肆虐，热气炙人；

太阳仿佛酣醉，伸直四肢，横卧在吸食腐尸的华丽花毯上。微小生物的生命之音弥漫空中，窸窸窣窣，无穷无尽，每过片刻，就被隔壁射击场劈里啪啦的枪声打断。有如一曲隐微的交响乐在嗡嗡嘤嘤，突然间，却爆发出拔掉香槟瓶塞的声响。

太阳晒得他头脑发烫，空气中死神的芬芳炽烈如火。他在一座坟头上坐着，忽然听见下面传来一阵嘟哝："吵闹的活人哪，让你们的靶子你们的破枪都下地狱去吧，你们一点都不关心死人，一点都不关心他们神圣的安息！让你们的雄心、你们的算计都见鬼去吧，你们这些迟早要入土的家伙如此没有耐心，竟跑到死神的圣殿边上来学杀人的技艺！要中靶心、要得奖，这有什么难?！除过死，万事皆空。如果你们懂得这个道理，劳劳碌碌的活人啊，你们就不会这样费心费神，也不会这样不停地搅扰我们的安眠。我们哪，早就击中了那可憎的人生唯一真正的靶心!"

在奥尔南的葬礼

The Funeral at Ornans

［法］古斯塔夫·库尔贝

四十六

光环丢了

"老天爷！怎么会！亲爱的，您怎么在这里？您可是饮坠露、食落英的人哪，怎么会跑到这样的鬼地方来！说真的，太不可思议了。"

"亲爱的，这车这马，您知道我有多怕。刚才我要过马路，很是匆忙，踩着泥浆在这奔腾不息的混乱中左扑右跳，死亡就从四面八方朝我呼啸而来。有一下跳得太急，我的光环就从头上滑下，掉在了碎石马路上的泥坑里。我没敢去捡。我想，丢掉桂冠总没弄断几根老骨头那么让人不自在嘛。而且我又想，在有些事情上，祸就是福。我现在可以到处闲逛却神鬼不知，还可以搞点儿低贱的勾当，恣情放荡，就跟你们凡人一个样。您瞧，我现在和您可是一模一样啊！"

"您起码也该贴个告示出来，或者去警察局报失一下嘛。"

"绝对不可以，相信我！我这样很好。只有您，就只有您一个人认出了我。更何况，显赫名望啊什么的，我都倦了。再说，肯定会有哪个蹩脚诗人把它捡走，然后恬不知耻地戴上，一想到这我就乐坏了。让别人快乐，何等乐事！况且这个快乐的人还会让我发笑！想想 X 先生，或者 Z 先生！嘿！真是可笑！"

拜伦勋爵《海盗》中的片段

Episode from the Corsair by Lord Byron

［法］欧仁·德拉克洛瓦

四十七

比斯杜里小姐 [1]

顺着煤气灯的光快走出小镇时，我忽然觉出一只胳膊轻轻地挽着我，有个声音在我耳边说："先生，您是医生？"

我一看，是个身材高大、体格结实的女子。她眼睛睁得大大的，脸上扑着淡淡的粉，头发和软帽带在风中飘来飘去。

"不，我不是医生。放开我。"——"哦！不！您是医生，我看得出来。去我家吧，您会对我非常满意的，

1　比斯杜里（Bistouri），原意为"手术刀"。

走吧!"——"也许吧,我会去看您的,不过是以后,等医生去过以后。真是撞鬼了!"——"哎呀呀!"她还是在我胳膊上吊着,一阵大笑,接着说:"您可真是个爱开玩笑的医生,我认识好几个您这样的呢。走吧。"

我酷爱神秘,因为我总想揭秘。于是我任由这个女伴,或者不如说,任由这个不虞之谜拖着我向前走去。

这种又脏又乱的小屋曾在诸多法国名家笔下出现,在此我就略过不述了。只不过,有个细节雷尼耶 [1] 没有注意到,那就是墙上的两三幅名医肖像。

1　雷尼耶(Mathurin Régnier,1573—1613),法国讽刺诗人。

我被伺候得可真周到！雪茄，热酒，熊熊的炉火；在给我奉上这些好东西时，上帝的这滑稽造物给她自己也点上一根雪茄："就跟在自己家里一样，朋友，不要拘束。这会让您想起医院，想起您美好的青春——哎哟，怎么会这样！您到底是在哪里长的这些白头发啊？您在 L 医生手下做见习生时可不是这样啊，这才过了多久啊……那些大手术，我记得都是您在给他当助手。他可真是个喜欢切、喜欢割、喜欢截的人哪！当时就是您给他递工具、递缝线和棉纱的——手术做完，他总会看着表，洋洋自得地说：'诸位，五分钟！'——哦！我啊，我跑的地方多。这些人我都很熟。"

一会儿过后，她开始以"你"称呼我。她重弹旧调："你是医生，不是吗，小乖乖？"

这不可理喻的老调让我跳起来愤怒地大叫：
"不是！"

"那么，是外科医生？"

"不是！不是！除非是要割你的脑袋！不要脸
的……臭破鞋！"

"别急，"她又说，"你看。"

说着她从柜子拿出一捆纸，不是别的，是莫兰[1]石
印的当代名医肖像集，好几年来一直有人在伏尔
泰码头卖的那种。

---

1 莫兰（Antoine Maurin，1793—1860），法国画家、石版画家。

"瞧！能认出这是谁吗？"

"嗯，是 X，名字不就在下面嘛；不过我倒也认识他。"

"我当然知道！瞧！这是 Z，就是他在课堂上说 X 就是'一个脸上写着黑心肠三个字的怪物！'。他这么说，是因为 X 在一件事上与他意见不合。那个时候，这可是学校的一个大笑话！想起没？——喏，这个是 K，就是他向政府揭发正在医院疗伤的暴动者的。那时正值暴乱。你说这么帅气的一个人，怎么就那么没心没肺？——这个是 W，一个有名的英国医生，他在巴黎旅行时被我逮个正着。他看起来就跟个小姑娘似的，不是吗？"

有一个扎起来的纸包也放在小圆桌上，我刚要伸手去拿，她说："等等——这是当时住在医院的见习生，那一包呢，不住医院。"

接着她把一大堆照片扇子一样地摊开，上面的脸一张比一张年轻。

"下次见面时，你也会把你的照片给我，是吧，亲爱的？"

"可是，"这次我也要盘根问底，"你为什么觉得我是医生？"

"因为你对女人非常好心、非常客气！"

"什么鬼逻辑！"我自言自语道。

"哦！我很少看走眼；这样的人我认识很多。我太喜欢这些人了，我没病，但我经常去看他们，就只为见见他们。有的人会冷冰冰地跟我说：'你压根就没病！'但也有懂我的人，因为我会跟他们撒娇。"

"他们要是不懂你呢？"

"当然喽！我无谓地打搅了他们，所以我会在炉子上留下十法郎……真是好心，真是温柔哦，那些人！……我在慈善医院遇到过一个年轻见习生，漂亮得就跟天使一样，而且还彬彬有礼！小伙子可怜哪，还要干活！他同学跟我说他没钱，父母穷，什么也不能寄给他。我这就心里有了底。我虽然不年轻了，但不管怎么说，还是很有姿色。我跟他说：'来看看我吧，常来看我。和我在一起不要拘束，我不需要钱。'可是你明白吗？我没有开门见山，各种办法用尽后，我才让他明白了我的意思。我实在是怕伤到他啊，这个宝贝儿孩子！……嗯！你会不会觉得，我有个怪念头不敢跟他说出来？——我盼着他来看我，提着他的手术器械箱，穿着他的白大褂，上面甚至还……血迹斑斑！"

说话时她满脸纯真，就像一个细腻的男子在跟他爱慕的演员说："你塑造的那角色名满天下，我啊，我想看你穿戏服的模样。"

我揪着不放，继续问："你记得你是在什么时候、什么情况下染上这怪癖的吗？"

我费了很大劲向她解释我的意思；最终她也明白

了。可她回答我时一副很忧伤的样子，我记得，她甚至还转过眼睛看着一边："不知道……记不得了。"

如果你懂得逛荡、懂得观察，大都市里就没你遇不到的怪事。纯洁的怪物在生活中麇集如蚁——主啊，上帝！您是创世主，您是主宰；是您制定出戒律和自由；您，任凭世人自由行动的至高无上者，您，心怀宽恕的审判者；您就是理据，您就是原因，为让我的灵魂皈依，您在我心中注入对恐怖的偏好，就像一把起死回生的手术刀；主啊，求您大发慈悲，求您垂怜这些疯男痴女！哦，创世主！有人明白怪物为何存在，明白怪物如何成了怪物，也明白怪物本来如何可以不成为怪物，在他眼里，这世间还有怪物吗？

现代工匠

Modern Craftsman

［法］图卢兹-劳特累克

四十八

世界之外的任何地方[1]

生活是所医院，住在里面的每个病人都渴望换个床位。你想去火炉边熬着，他却相信只有窗边才能治病。

他处似乎才是我的安身之地，于是迁居，便成了我和我的灵魂不断探讨的问题。

"告诉我，我的灵魂，热情殆尽的可怜灵魂哦，去里斯本[2]居住如何？那里天气暖热，你会像蜥蜴一般活力重生。那是座水滨之城；传闻它

---

1 标题原为英法双语：ANY WHERE OUT OF THE WORLD/N'IMPORTE OÙ HORS DU MONDE.
2 里斯本，葡萄牙共和国的首都。

是用云石所筑，居民厌恶植物，林木尽伐。这番景致哟，恰合你意，尽是阳光和矿石，且有清水如鉴，映像其中！"

我的灵魂不语。

"既然你酷爱在运动的景观里寻求休憩，那你是否愿意去荷兰这片福地居住？在博物馆，这片土地的画面时常让你赞叹，你或许可以在那里尽情消遣。你爱林立的桅杆，爱房屋脚下静泊的渔船，那么鹿特丹[1]如何？"

我的灵魂依旧无言。

1　鹿特丹，荷兰第二大城市，长期为欧洲最大的海港。

"或许巴达维亚¹更合你心？在那里，欧洲之思与热带之美连珠合璧。"

一言不发——我的灵魂已死？

"难道你已经麻木到这般地步，只求痛中取乐？倘若如此，我们何不逃去死神游荡的地方？——此事由我来谋划，可怜的灵魂！我们收拾行囊去托尔尼奥²吧。再走远一点，我们去波罗的海的尽头；如果可能，那就离尘世远一点，再远一点；去极地安居。那里，太阳只会擦地斜行；昼与夜缓慢交替，抹除变化，增添单调，而单调，就是半成的虚无；在那里，我们沐浴黑暗时，会有一束

---

1 巴达维亚，今印度尼西亚首都雅加达。
2 托尔尼奥，芬兰西北部的海港。

束的玫瑰色极光向我们投来，有如地狱磷火的返
照，为我们排闷解愁！"

终于，我的灵魂爆发，理直气壮地朝我人喊："无
论何处！无论何处！只求在此世界之外！"

帕拉瓦斯海边

The Beach at Palavas

[法] 古斯塔夫·库尔贝

四十九

痛打穷人！

两个星期以来我闭门不出，就钻在时下的热门书堆里（已经十六七年了），我说的是那些宣扬如何在一天之内让民众明理、富裕、幸福的书。所以我消化了——其实我想说我吞下了——所有那些为公众谋幸福的人呕心沥血写下的不经之谈；有人劝告穷人要自愿为奴，有人又断言穷人都是被篡夺了皇位的王——我晕头转向、蠢不可及，也就不足为奇了。

我只是觉得，在我学识深处的夹缝里，似乎有个想法在暗暗萌芽，它比我最近翻遍辞书读到的所有妇人之见都高明。但那仅仅只是对某个想法的想法，是某种极其模糊的东西。

我口渴难耐地出了门。你越是在低劣的读物里埋头胡吃海塞，你就越是需要新鲜的空气醒脑提神。

就在我要走进一家小酒馆时，一个乞丐把他的帽子伸了过来，用那种让我终生难忘的眼神看着我。如果意念真的可以移物，如果磁疗者的眼神真的可以催熟葡萄，那他的眼神就足以掀翻君王的御座。

就在这个时候，一个我很熟悉的声音开始在我耳边低语；它与我处处为伴，来自一个良善的天使，或者一个良善的精灵。既然苏格拉底有他的良善精灵，为什么我就不会有我的良善天使？为什么我就不能像苏格拉底一样，荣获由精细入微的雷吕和滴水不漏的巴亚杰[1]签发的发狂资格证？

苏格拉底的精灵和我的精灵不同，他的精灵现身只为警告、禁止、阻拦；我的精灵却屈尊纡贵，予我暗示、建议、劝服。那可怜的苏格拉底只有一个颁发禁令的精灵，而我有一个伟大的肯定者，一个行动的精灵、一个战斗的精灵。

然而，那声音跟我如是说："要与人平等，就先要拿出与人平等的样子；要享有自由，就先要懂得赢取自由。"

---

1 雷吕（Louis François Lélut，1804—1877），法国精神病学家，曾发表论文《论苏格拉底的精灵，或心理学应用于历史学的一例》(*Du Démon de Socrate, Spécimen d'une application de la Science pyschologique à celle de l'Histoire*)。巴亚杰（Jules Baillarger，1809—1890），法国神经学家和精神病学家。

我噌地扑向我的老乞丐，我一拳砸去，他的眼睛肿成大包，无法睁开。我敲碎他两颗牙，敲得我指甲崩裂。我生来文弱，又不曾练过拳脚，自觉难以快速撂倒这老头。于是我一手撕住他的衣领，一手掐住他的喉咙，狠劲在墙上猛撞他的脑袋。我承认，我事先已经观察过四周，确定在这荒郊地带，在很长时间内，都不会撞见一个警察。

我朝他后背又是一脚，用力之猛，足以断他脊梁碎他肩胛。衰朽的花甲老人翻倒在地。我从地上操起一根粗树枝，用厨师剁牛排的气力给他一顿猛抽。

突然——啊，奇迹出现了！啊，这就是当场验证自己学说之高明的哲学家的快乐！——看到老骨头架子翻身跳起，我简直不敢相信，损坏成这般的破机器还能有这般的爆发力。那满是仇恨的眼神，在我看来真是个好兆头。老悍匪扑过来打肿我双眼，敲碎我四颗牙，操起那根粗树枝在我身上暴雨般抡下——通过我的体能治疗法，我让他重获傲气、重获生命。

于是我向他频频示意，告诉他在我看来争执已经结束。我带着斯多葛智者的满足站起身跟他说："先生，您和我平等了！还请您赏脸，和我一起享用我的钱袋；另外，当您的同伴向您乞讨时，如果您真是慈悲心肠，请不要忘了实践我忍痛在您身上试过的理论。"

他向我发誓，说他明白了我的理论，也会听从我的劝告。

一名重伤濒死的强盗解渴

A Mortally Wounded Brigand Quenches His Thirst

［法］欧仁·德拉克洛瓦

五十

好狗

献给约瑟夫·史蒂文斯[1]

即使在当今新一代的作家面前，我也从未因为仰慕布封[2]而脸红。然而现在，我并不想求援于宏伟自然的这位画师的在天之灵。不。

我想与斯特恩[3]说话，我想对他说："从天上下来，或者从你的福地乐土上来吧，来我身边，给我灵感，让我给那些好狗、那些穷困的狗写一曲与你相配的歌吧；多愁善感、

1 约瑟夫·史蒂文斯（Joseph Stevens，1819—1892），比利时动物画家。

2 布封（Georges Louis Leclerc de Buffon，1707—1788），法国博物学家，其传世巨著为《自然史》（*Histoire Naturelle*）。

3 斯特恩（Laurence Sterne，1713—1768），英国作家，传世经典为《项狄传》《多情客游记》等。

无与伦比的逗笑作家哟，快来吧！骑上那头无人
不知的毛驴，那头在后人的记忆中总是与你为伴
的毛驴；特别是，别忘了让它嚼起轻巧地垂在它
唇边的，那不朽的杏仁饼！"

走开，象牙塔里的缪斯！我与装模作样假正经的
老女人有何干系！我要乞灵于走进日常的缪斯、
市井的缪斯、活生生的缪斯，祈请她助我歌唱那
些好狗、那些穷困的狗、那些浑身污泥的狗。除
了和它们结伴的穷人，除了像兄弟一样看着它们的
诗人，每个人都像躲瘟神、躲跳蚤一样躲着它们。

呸！自炫其美的狗，呸！没有自知之明的四脚畜
生，丹麦狗、哈巴狗、查尔斯王狗、西班牙长毛
狗，它们似乎自信乖巧、得意忘形、冒失无礼，
一会儿在客人腿间乱钻，一会儿在客人膝上蹦跳，

像个熊孩子一样大吵大闹，像个娼女一样笨头笨脑，有时又像个狗腿子一样蛮横暴躁！尤其是那些取名意大利小猎兔狗的四脚蛇，呸！颤颤悠悠，饱食终日，它们尖长的鼻子那么迟钝，连老友的行踪也辨不出来，它们扁平的脑袋那么愚笨，就连多米诺骨牌也玩不了！

滚回狗窝去，所有这些烦人的寄生虫！

让它们滚回铺着柔软垫子的狗窝里去！我歌唱的是浑身污泥的狗、穷困的狗、无家可归的狗、四处游荡的狗、街头卖艺的狗。跟穷人、流浪汉、丑角演员一样，刺激它们本能的是生计问题——这精明智慧的好母亲、真主人！

我歌唱那些多灾多难的狗，它们在大都市弯弯曲

曲的水沟里独自流浪，闪着聪慧的眼睛向众叛亲
离者说："带上我吧，你我的悲惨相遇，没准能生
出某种幸福来！"

"狗去哪里？"奈斯托·洛克普朗[1]曾在一篇不朽的
连载文章里如是说。这篇文章他自己可能已经忘
了，但我，或许还有圣伯夫[2]，我们至今仍然记得。

你们这些不用心的人，你们问狗去哪里？它们去
忙自己的事。

1　洛克普朗（Louis Victor Nestor Roqueplan，1804—1870），
文艺批评家，《费加罗报》（*Le Figaro*）主编。
2　圣伯夫（Charles-Augustin Sainte-Beuve，1804—1869），文
学批评家，主要著作有《十六世纪法国诗歌和法国戏剧概貌》
（*Tableau historique et critique de la Poésie française et du Théâtre
français au XVIe siècle*）、《文学家肖像》（*Portraits littéraires*）、
《月曜日丛谈》（*Causeries du Lundi*）、《新月曜日丛谈》（*Nouveaux
Lundis*），等等。

为杂事赴约，为爱欲赴约。它们穿过浊雾，淌过泥水，冒着透骨的风雪，顶着灼人的酷暑，淋着如注的淫雨，来来去去，东奔西跑，躲车避马，受着跳蚤、激情、需求和义务的驱驭。跟我们一样，它们一大早起身，或忙于生计，或随意撒欢。

它们有的在郊区的废墟里过夜，每天定点赶到皇家宫殿的厨房门口领赏；有的不远五里之遥，成群结队，跑去分食一些六十来岁的善心老姑娘为它们准备的食粮——白痴男人不再搭理这些老姑娘，于是她们就把空落落的心献给畜生。

另有一些，就像出逃的黑奴，被爱欲搞得疯疯癫癫。有那么几天，它们总会离开住地进城，盯一只不重装扮，却也一身傲气、心有感激的漂亮母狗，围着它蹦蹦跶跶老半天。

它们没有手册、没有备忘录，也没有文件夹，却从不会出半点儿差错。

您理解懒洋洋的比利时狗？那您像我一样欣赏过那些健硕的狗吗？它们给卖肉的、送奶的或送面包的驾车，叫得气势汹汹，流露出与骏马比高低的快乐和自豪。

喏，这里还有两只，它们属于更开化的阶层。街头艺人外出，请随我去看看他的房间。一张上了漆的木床，没有床帐；被褥拖在地上，满是臭虫的污斑；两把草椅，一口铁锅，一两件破旧的乐器。唉！多么寒酸的家当！但是请看那两个聪明的角儿，衣着破旧却不失气派，头上一副游吟诗人和武士的打扮。它们守着炖在锅里的无名之作，活像专注的巫师。一把长勺插在锅的当中，像一根宣告完工的信号柱。

演员如此热心，开工前却不能来碗厚实的热汤填填肚子提提神，这难道不是有失公道？主人独吞大部分食物，比四只演员吃得还多。这些可怜鬼还得整天忍受主人的不公和观众的冷漠，您难道还会怪罪它们些许的口腹之欲？

这些四脚贤哲，这些殷勤、顺从、忠诚不贰的奴仆哦，多少次我注视着它们，面带微笑，心生柔情。共和国只操心人类的幸福，如果它有时间也考虑一下狗的荣誉，那么它的词典也应该将这些狗认定为勤务员[1]！

多少次我又在想，或许在某处有座特别的天堂，

1　大革命后，共和政府称仆人为"勤务员"（officieux），以示平等。

专属这些好狗、穷狗、满身污泥又饱经磨难的狗（不过谁知道呢？）；它们这般的勇气、耐性和辛劳应该得到回报。斯威登堡[1]断言，就连土耳其人、荷兰人都各有其天堂！

维吉尔[2]和忒奥克里托斯[3]的牧人对唱牧歌，作为回报，他们渴望一块奶酪，或者一支出自良工巧匠之手的牧笛，或者一只乳房鼓胀的山羊。诗人歌唱穷困的狗，得到的回报是一件漂亮背心，颜色富丽而零落，让人想起深秋的阳光、迟暮的美人、圣马丁节的小阳春[4]。

1　斯威登堡（Emanuel Swedenborg，1688—1772），瑞典科学家、哲学家、神秘主义者。其"应和说"，是波德莱尔象征主义诗学之基础的"应和论"的重要思想资源之一。
2　维吉尔（Publius Vergilius Maro，公元前70—公元前19），奥古斯都时代的古罗马诗人。
3　忒奥克里托斯（Théocrite，约公元前310—公元前250），古希腊诗人，被誉为西方田园诗的创始人。
4　圣马丁节，在十一月十一日，临近冬季；但此节前后会出现和暖的天气，被称为"圣马丁节小阳春"。

凡是去过维拉-埃尔莫萨街小酒馆的人都会记得，画家只要明白，歌唱穷困的狗是有益而高尚的行为，他就会脱下背心，将之急切地奉送给诗人。

同样，在黄金时代，一个大方的意大利暴君时常赐给有如神助的阿雷蒂诺[1]一把镶满宝石的短剑或一件宫袍，只为向他换取一首宝贵的商籁体诗，或者一首特别的讽刺诗。

而诗人，只要穿上画家的背心，就会不由地想起那些好狗，想起那些有如贤哲的狗，想起圣马丁节的小阳春，想起春色褪尽的迟暮美人。

---

[1] 阿雷蒂诺（Pietro Aretino，1492—1556），意大利诗人，善写讽刺文章，有"鞭打王公的鞭子"之称。当时欧洲最强大的君子都曾重金拉拢他，试图借他的笔打击敌手。

小狗

Little Dog

[法] 图卢兹-劳特累克

跋诗

满怀欣喜情，攀陟登临高山上，

此地放眼去，都市全貌览无碍，

医院，烟花巷，炼狱，地狱，苦役场，

歪风邪气怪谬事，遍地似花开。

我的苦难你主宰，撒旦，你明知，

若我远上到此来，不为空伤怀；

却似老色鬼，年衰妍妇终难离，

我心日日盼，肥娟怀里尽沉醉，

使我青春驻，魅力如毒似妖魑。

你啊无论晨起时，压衾尚昏睡，

昏昏，沉沉，染风寒，无论日暮时，

你啊轻纱金丝绦，耀武又扬威，

混也浊也大都城，我心独爱你！

众娟妓啊众强梁，汝等赐欢情，

唏嘘！怎奈何，愚夫俗子无人知。

图书在版编目（CIP）数据

巴黎的忧郁 / （法）夏尔·波德莱尔著；周俊平译
. —— 南京：江苏凤凰文艺出版社，2023.8
ISBN 978-7-5594-7419-3

Ⅰ. ①巴… Ⅱ. ①夏… ②周… Ⅲ. ①散文诗 – 诗集
– 法国 – 现代 Ⅳ. ① I565.25

中国版本图书馆 CIP 数据核字 (2022) 第 242354 号

巴黎的忧郁

［法］夏尔·波德莱尔 著　　周俊平 译

出 版 人	张在健
责任编辑	曹　波
特约编辑	范纲桓
筹划出版	银杏树下
出版统筹	吴兴元
营销推广	ONEBOOK
装帧制造	墨白空间·黄　海
出版发行	江苏凤凰文艺出版社
	南京市中央路 165 号，邮编：210009
网　　址	http://www.jswenyi.com
印　　刷	北京天宇万达印刷有限公司
开　　本	889 毫米 ×1194 毫米　1/32
印　　张	8.25
字　　数	88 千字
版　　次	2023 年 8 月第 1 版
印　　次	2023 年 8 月第 1 次印刷
书　　号	ISBN 978-7-5594-7419-3
定　　价	110.00 元

江苏凤凰文艺版图书凡印刷、装订错误，可向出版社调换，联系电话 025-83280257